CARLO COLLODI

As Aventuras de Pinóquio

História de um boneco

CARLO COLLODI

As Aventuras de
Pinóquio

História de um boneco

ÓTIMA EDITORA

Expediente

Editor
Geovana Muniz

Coordenação Pedagógica e Editorial
Giulia Werner Muniz Tiltstcher

Capa
Estúdio Caverna

Dados Internacionais de Catalogação na Publicação (CIP)
(Câmara Brasileira do Livro, SP, Brasil)

Collodi, Carlo, 1826-1890
As aventuras de Pinóquio : história de um boneco / Carlo Collodi ; [tradução Bruna de Carvalho]. -- 1. ed. -- São Paulo : Ótima Editora e Distribuidora de Livros, 2023.

Título original: Pinóquio
ISBN 978-85-69500-26-1

1. Literatura infantojuvenil I. Título.

23-145340 CDD-028.5

Índices para catálogo sistemático:

1. Literatura infantil 028.5
2. Literatura infantojuvenil 028.5

Aline Graziele Benitez - Bibliotecária - CRB-1/3129

IMPRESSO NO BRASIL

R. Javaés, 707 — 01130-010 – São Paulo - SP

I.

Como foi que mestre Cereja, o carpinteiro, encontrou um pedaço de madeira que ria e chorava como uma criança.

Era uma vez...

– Um rei! – logo dirão meus pequenos leitores.

– Não, crianças, erraram. Era uma vez um pedaço de madeira.

Não era uma madeira de luxo, mas um simples pedaço de lenha, daqueles que no inverno colocamos nas estufas e lareiras para acender o fogo e aquecer os cômodos.

Não sei como aconteceu, mas fato é que um belo dia esse pedaço de madeira apareceu na oficina de um velho carpinteiro chamado mestre Antonio, mas que todos chamavam de mestre Cereja, por causa da ponta de seu nariz, que era sempre lustrosa e roxa como uma cereja madura.

Assim que mestre Cereja viu aquele pedaço de madeira, alegrou-se todo e, esfregando as mãos de contentamento, murmurou à meia voz:

– Esta madeira apareceu em boa hora: quero usá-la para fazer a perna de uma mesinha.

Dito e feito, pegou logo o machado afiado para começar a descascar e desbastar a madeira; mas, quando ia dar a primeira machadada, ficou com o braço suspenso no ar, pois ouviu uma vozinha bem suave que dizia, pedindo:

– Não me bata muito forte!

Imaginem como ficou o bom e velho mestre Cereja!

Circulou os olhos confusos pelo quarto para ver de onde podia ter saído aquela vozinha, e não viu ninguém! Olhou debaixo da bancada, e nada; olhou dentro de um armário que estava sempre fechado, e nada; olhou no cesto de lascas e serragem, e nada; abriu a porta da oficina para dar uma olhada na rua, e nada! E agora?...

– Entendi – disse rindo e coçando a peruca. – Vê-se que aquela vozinha fui eu que imaginei. Voltemos ao trabalho.

E, retomando o machado nas mãos, deu uma machadada bem forte no pedaço de madeira.

– Ai! Você me machucou! – gritou, lamentando-se a vozinha de sempre.

Desta vez, mestre Cereja ficou atônito, com os olhos esbugalhados de medo, a boca escancarada e a língua caída até o queixo, feito uma careta. Assim que recobrou a palavra, começou a dizer, tremendo e balbuciando de susto:

– Mas de onde terá saído essa vozinha que disse *ai*?... Aqui não tem uma alma viva. Será que por acaso esse pedaço de madeira aprendeu a chorar e se lamentar como uma criança? Não posso acreditar. Esta madeira aqui é uma lenha de lareira como outra qualquer; se a jogarmos no fogo dá para cozinhar uma panela de feijão... E agora? Será que tem alguém escondido ali dentro? Se tem alguém escondido, pior para ele. Agora ele vai ver!

E, dizendo isso, agarrou com as duas mãos aquele pobre pedaço de madeira e começou a batê-lo sem piedade nas paredes do quarto.

Depois ficou escutando para ver se alguma vozinha se lamentava. Esperou dois minutos, e nada; cinco minutos, e nada; dez minutos, e nada!

– Entendi – disse então se esforçando para rir e bagunçando a peruca. – Vê-se que aquela vozinha que disse *ai* fui eu que imaginei! Voltemos ao trabalho.

E, como tinha começado a sentir muito medo, tentou cantarolar para ganhar um pouco de coragem.

Enquanto isso, apoiando o machado de lado, pegou a plaina para aplainar e deixar bem liso o pedaço de madeira. Mas, enquanto o plainava em cima e embaixo, ouviu a vozinha de sempre, que lhe disse, rindo:

– Pare! Assim você me faz cosquinhas!

Desta vez, o pobre mestre Cereja caiu duro como se fora atingido por um raio. Quando reabriu os olhos, estava sentado no chão.

Seu rosto parecia desfigurado, e até a ponta do nariz, que normalmente era roxa, tinha ficado azul de tanto medo.

II.

Mestre Cereja dá o pedaço de madeira de presente a seu amigo Geppetto, que o pega para fabricar um boneco maravilhoso que saiba dançar, lutar esgrima e dar saltos mortais.

Naquele ponto batem à porta.

– Entre – disse o carpinteiro, sem força para ficar em pé.

Então entrou na oficina um velhinho muito esperto, chamado Geppetto, mas que os meninos da vizinhança, quando queriam deixá-lo furioso, chamavam pelo apelido de Polentinha, pois ele usava uma peruca amarela parecida com a polenta feita de milho.

Geppetto era meio birrento. Ai de quem o chamasse de Polentinha! Ele virava um bicho e não tinha quem o segurasse.

– Bom dia, mestre Antonio – disse Geppetto. – O que faz aí no chão?

– Estou ensinando tabuada para as formigas.

– Bom proveito!

– O que o trouxe a mim, compadre Geppetto?

– As pernas. Sabe, mestre Antonio, vim aqui para lhe pedir um favor.

– Estou aqui para lhe servir – respondeu o carpinteiro, apoiando-se sobre os joelhos.

– Hoje de manhã tive uma ideia.

– Pois diga.

– Pensei em fabricar um belo boneco de madeira; mas um boneco maravilhoso, que saiba dançar, lutar esgrima e dar saltos mortais. Com esse boneco quero rodar o mundo e ganhar um pedaço de pão e um copo de vinho: o que acha?

– Muito bem, Polentinha! – gritou a vozinha de sempre, que não se entendia de onde viesse.

Ao ouvir ser chamado de Polentinha, compadre Geppetto virou um pimentão vermelho de raiva e, voltando-se para o carpinteiro, disse furioso:

– Por que me ofende?

– Quem o ofende?

– Você me chamou de Polentinha!...

– Não fui eu.

– Ah, só falta dizer que fui eu! É claro que foi você.

– Não fui!

– Foi!

– Não fui!

– Foi!

E, cada vez mais exaltados, passaram das palavras aos fatos e se atracaram, se arranharam, se morderam, se amarrotaram.

Terminada a briga, mestre Antonio viu que tinha nas mãos a peruca amarela de Geppetto, e Geppetto percebeu que tinha na boca a peruca grisalha do carpinteiro.

– Devolva a minha peruca! – gritou mestre Antonio.

– E você devolva a minha, e façamos as pazes.

Os dois velhinhos, depois de recuperarem cada um a sua peruca, apertaram as mãos e juraram ser bons amigos por toda a vida.

– Então, compadre Geppetto – disse o carpinteiro, em sinal de paz –, qual é o favor que quer de mim?

– Queria um pedaço de madeira para fabricar o meu boneco, você pode me dar?

Mestre Antonio, todo contente, foi imediatamente pegar no balcão aquele pedaço de madeira que lhe havia causado tanto medo. Mas, quando estava para entregá-lo ao amigo, o pedaço de madeira deu uma mexida e, soltando-se violentamente de suas mãos, bateu com toda força nas canelas magras do pobre Geppetto.

– Ah, é com essa gentileza que você me oferece as suas coisas, mestre Antonio? Quase me deixou manco!...

– Juro que não fui eu!

– Então fui eu!...

– A culpa é toda dessa madeira...

– Sei que é da madeira. Mas foi você que a jogou nas minhas pernas!

– Não joguei!

– Mentiroso!

– Geppetto, não me ofenda senão o chamo de Polentinha!...

– Burro!

– Polentinha!

– Jumento!

– Polentinha!

– Macaco horroroso!

– Polentinha!

Ao ouvir ser chamado de Polentinha pela terceira vez, Geppetto perdeu as estribeiras e se lançou contra o carpinteiro. E ali se atracaram.

Terminada a briga, mestre Antonio tinha dois arranhões a mais no nariz, e o outro, dois botões a menos no casaco. Acertadas as contas, apertaram as mãos e juraram ser bons amigos por toda a vida.

Então, Geppetto pegou seu belo pedaço de madeira e, depois de agradecer mestre Antonio, voltou mancando para casa.

III.

Ao voltar para casa, Geppetto logo começa a fabricar o boneco e lhe dá o nome de Pinóquio. Primeiras travessuras do boneco.

A casa de Geppetto era um quartinho térreo, que recebia luz do vão de uma escada. A mobília não podia ser mais simples: uma cadeira quebrada, uma cama pouco boa e uma mesinha toda estragada. Na parede do fundo se via uma lareira com o fogo aceso. Mas o fogo era pintado e, ao lado do fogo, havia também uma panela pintada, que fervia alegremente e exalava uma nuvem de fumaça que parecia de verdade.

Assim que entrou em casa, Geppetto pegou as ferramentas e pôs-se a entalhar e a fabricar o seu boneco.

– Que nome lhe darei? – disse consigo. – Quero chamá-lo de Pinóquio. Este nome lhe trará sorte. Conheci uma família inteira de Pinóquios: Pinóquio pai, Pinóquia mãe e Pinóquios filhos, e todos estavam bem. O mais rico entre eles pedia esmola.

Assim que encontrou um nome para o seu boneco, começou a trabalhar de verdade e logo fez seus cabelos, depois a testa, depois os olhos.

Prontos os olhos, imaginem a surpresa ao perceber que eles se moviam e olhavam-no fixamente.

Geppetto, vendo aqueles dois olhos de madeira olharem-no assim, quase teve um troço e disse em tom ressentido:

– Olhões de madeira, por que me olham?

Ninguém respondeu.

Então, depois dos olhos, fez o nariz. Mas o nariz, assim que ficou pronto, começou a crescer. Crescia e crescia sem parar, e, em poucos minutos, virou um narigão sem fim.

O pobre Geppetto cansava de cortá-lo. E, quanto mais cortava e encurtava, mais aquele nariz impertinente ficava comprido!

Depois do nariz, fez a boca.

Ainda nem estava pronta e a boca já começou a rir e a zombar dele.

– Pare de rir! – disse Geppetto incomodado. Mas foi como falar com as paredes.

– Pare de rir, eu já falei! – gritou com voz ameaçadora.

Então a boca parou de rir, mas pôs a língua toda para fora.

Para não estragar tudo, Geppetto fingiu não perceber e continuou a trabalhar.

Depois da boca, fez o queixo, depois o pescoço, os ombros, o estômago, os braços e as mãos.

Assim que ficaram prontas as mãos, Geppetto sentiu alguém puxando sua peruca da cabeça. Olhou para cima e o que viu? Viu sua peruca na mão do boneco.

– Pinóquio!... Devolva já a minha peruca!

E Pinóquio, em vez de devolver a peruca, enfiou-a na cabeça, ficando meio afogado embaixo dela.

Com aquele gesto insolente e zombador, Geppetto ficou triste e melancólico como nunca tinha estado em sua vida e, virando-se para Pinóquio, disse:

– Filho danado! Ainda nem está pronto e já começou a faltar com respeito ao seu pai! Isso é ruim, meu menino, muito ruim!

E enxugou uma lágrima.

Ainda faltava fazer as pernas e os pés.

Quando Geppetto terminou de fazer os pés do boneco, sentiu um chute na ponta do nariz.

– Eu mereço! – disse então consigo mesmo. – Devia ter pensado antes! Agora é tarde!

Depois, segurou o boneco debaixo dos braços e o apoiou no chão do quarto para fazê-lo caminhar.

Pinóquio estava com as pernas duras de frio e não conseguia se mexer, e Geppetto lhe dava a mão para ensiná-lo a dar um passo depois do outro.

Quando suas pernas se soltaram, Pinóquio começou a caminhar sozinho e a correr pelo quarto; até que, passando pela porta de casa, pulou na rua e escapou.

E lá se foi o pobre Geppetto correr atrás dele sem poder alcançá-lo, pois o danado do Pinóquio pulava como uma lebre e, batendo os pés de madeira no calçamento da rua, fazia um barulhão, como vinte pares de tamancos de camponeses.

– Peguem-no! Peguem-no! – gritava Geppetto; mas as pessoas que estavam na rua, ao verem aquele boneco de madeira que corria como um cavalo de corrida, paravam encantadas para olhá-lo e riam tanto que nem dá para imaginar.

Por fim e por sorte, apareceu um policial, que, ouvindo todo aquele estardalhaço e achando que se tratasse de um potro que escapara de seu dono, plantou-se corajosamente com as pernas afastadas no meio da rua, com o espírito decidido a pará-lo e a impedir que acontecessem maiores desgraças.

Pinóquio, porém, ao perceber de longe que o policial barricava a rua, planejou passar de surpresa entre as pernas dele, mas se deu mal.

O policial, sem se mexer, agarrou-o gentilmente pelo nariz (era um narigão desmedido, que parecia feito de propósito para ser pego pelos policiais) e o entregou às mãos de Geppetto, que, como castigo, queria lhe dar logo um puxão de orelha. Mas imaginem como ficou quando ao procurar as orelhas do boneco não as encontrou; e sabem por quê? Porque na pressa de esculpi-lo tinha esquecido de fazê-las.

Então o pegou pelo colarinho e, enquanto o levava de volta, disse balançando a cabeça ameaçadoramente:

– Vamos já para casa. Quando chegarmos lá, não tenha dúvidas de que faremos as contas!

Pinóquio, ao ouvir a ladainha, jogou-se no chão e não quis mais caminhar. Enquanto isso, os curiosos e desocupados começavam a parar ao redor deles, criando um buchicho. Uns diziam uma coisa, outros, outra.

– Pobre boneco! – diziam uns. – Tem razão de não querer voltar para casa! Vai saber quanto ele apanharia do malvado do Geppetto!...

E outros acrescentavam malignamente:

– Esse Geppetto parece um cavalheiro, mas é um verdadeiro tirano com as crianças! Se deixarem o pobre boneco nas mãos dele, é bem capaz de fazê-lo em pedaços!...

Enfim, tanto falaram e fizeram que o policial resolveu soltar Pinóquio e levou para a cadeia o pobre do Geppetto, que, não tendo palavras para se defender, chorava feito um bezerrinho e, enquanto ia para a prisão, balbuciava soluçando:

– Menino desgraçado! E pensar que sofri tanto para fazer dele um boneco bondoso! Mas, bem feito! Deveria ter pensado antes!...

O que acontece depois é uma história inacreditável, que contarei nos próximos capítulos.

IV.

História de Pinóquio com o Grilo Falante, na qual se vê como os meninos maus se irritam quando são corrigidos por quem sabe mais do que eles.

Direi a vocês, meninos, que, enquanto o pobre Geppetto era levado sem culpa alguma para a prisão, o danado do Pinóquio, livre das garras do policial, fugia pelos campos para voltar mais rápido para casa. E, no ímpeto da corrida, pulava arbustos altíssimos, cercas-vivas e valas cheias de água, como um cabrito ou uma lebre fariam para escapar dos caçadores. Ao chegar à frente de casa, deu com a porta da rua fechada. Empurrou-a, entrou e, depois de trancá-la, jogou-se no chão, soltando um grande suspiro de contentamento.

Mas o contentamento durou pouco, pois ouviu no quarto alguém que fez:

– Cri-cri-cri!

– Quem é que está me chamando? – disse Pinóquio todo amedrontado.

– Sou eu!

Pinóquio voltou-se e viu um grande Grilo que subia lentamente pela parede.

– Diga-me, Grilo: e quem é você?

– Eu sou o Grilo Falante e moro neste quarto há mais de cem anos.

– Mas hoje este quarto é meu – disse o boneco. – E se quer mesmo me fazer um favor vá embora já e nem olhe para trás.

– Não vou embora daqui sem antes lhe dizer uma grande verdade – respondeu o Grilo.

– Pois diga e vá embora.

– Ai dos meninos que se rebelam contra os pais e que abandonam a casa paterna por capricho! Nunca serão ninguém neste mundo e mais cedo ou mais tarde vão se arrepender amargamente.

– Pode cantar como quiser, caro Grilo. Só sei que amanhã bem cedinho vou embora daqui, pois, se ficar, acontecerá comigo o que acontece com todas as crianças: vão me mandar para a escola, e, por amor ou por força, terei que estudar. E, para ser sincero, não tenho a menor vontade de estudar e me divirto mais correndo atrás das borboletas e subindo nas árvores para pegar passarinhos nos ninhos.

– Pobre tolinho! Não sabe que, agindo assim, vai se tornar um grandíssimo burro e que todos vão zombar de você?

– Fique quieto, Grilo agourento! – gritou Pinóquio.

Mas o Grilo, que era paciente e filósofo, em vez de levar a mal a impertinência do boneco, continuou com o mesmo tom de voz:

– Se não quer ir para a escola, por que não aprende ao menos um ofício para ganhar honestamente um pedaço de pão?

– Quer que eu lhe diga? – respondeu Pinóquio, que começava a perder a paciência. – Entre todas as profissões do mundo, só me agrada uma de verdade.

– E qual seria?

– A de comer, beber, dormir, me divertir e passar o dia todo sem fazer nada.

– Para o seu conhecimento – disse o Grilo Falante com a calma de sempre –, todos os que fazem essa profissão acabam quase sempre no hospital ou na prisão.

– Olhe, Grilo agourento! Se eu ficar bravo, ai de você!

– Pobre Pinóquio! Você me dá pena!...

– Por que lhe dou pena?

– Porque você é um boneco e, o que é pior, tem a cabeça dura.

Ao ouvir essas palavras, Pinóquio pulou furioso e, pegando o martelo de madeira na bancada, atirou-o contra o Grilo Falante. Talvez não pensasse em atingi-lo, mas, desgraçadamente, golpeou-o bem na cabeça, tanto que o pobre Grilo só teve fôlego para fazer cri-cri-cri e depois ficou ali, seco e grudado na parede.

V.

Pinóquio sente fome e procura um ovo para fazer um omelete. Mas, quando estava quase pronto, o omelete voa pela janela.

Enquanto isso, começou a escurecer, e Pinóquio, lembrando que não tinha comido nada, sentiu um certo incômodo no estômago, que parecia vontade de comer.

Mas o apetite nas crianças cresce rápido; e, de fato, poucos minutos depois o apetite virou fome, e a fome, do nada, transformou-se numa fome de leão, uma fome de matar. O pobre Pinóquio correu logo para o fogão, onde havia uma panela fervendo, e fez o gesto de abri-la para ver o que tinha dentro, mas a panela era pintada na parede. Imaginem como ele ficou. Seu nariz, que já era comprido, ficou pelo menos quatro dedos maior.

Então, começou a correr pelo quarto e a fuçar todas as gavetas e armários, procurando um pedaço de pão, quem sabe a pontinha de pão amanhecido, uma casca, um osso que sobrou para o cachorro, um pouco de polenta mofada, uma espinha de peixe, um caroço de cereja, enfim, qualquer coisa para mastigar. Mas não encontrou nada, absolutamente nada, nada mesmo.

A fome ia aumentando, aumentando cada vez mais. E o pobre Pinóquio não tinha alívio, a não ser bocejar; e fazia bocejos tão grandes que às vezes sua boca chegava até as orelhas. E, depois de bocejar, cuspia e sentia seu estômago sumir.

Então, chorando desesperado, dizia:

– O Grilo Falante tinha razão. Fiz mal em me revoltar contra o meu pai e fugir de casa... Se meu pai estivesse aqui, agora eu não estaria morrendo de tanto bocejar! Ai, que sofrimento horrível é a fome!

Mas eis que, de repente, avista no monte de lixo algo redondo e branco, parecido com um ovo de galinha. Num instante deu um pulo e o agarrou. Era um ovo de verdade.

É impossível descrever a alegria do boneco, só nos resta imaginar. Quase acreditando que se tratasse de um sonho, girava o ovo entre as mãos, o tocava e beijava, dizendo:

– E agora, como vou cozinhá-lo? Será que faço um omelete? Não, é melhor cozido no vapor!... Ou seria mais saboroso se fritasse na frigideira? E se eu fizesse um ovo quente para tomar? Não, o mais rápido de todos é o cozido no vapor ou na panela: estou com muita vontade de comê-lo!

Dito e feito, pôs uma panela no fogareiro cheio de brasas acesas; em vez de óleo ou manteiga, colocou um pouco de água na panela; e, quando a água começou a ferver, tac!... Quebrou a casca do ovo e fez que ia derramá-lo lá dentro.

Mas, em vez de clara e gema, saiu de lá um pintinho todo alegre e gentil, que, fazendo uma bela reverência, disse:

– Muito obrigado, senhor Pinóquio, por ter me poupado o esforço de quebrar a casca! Até logo, fique bem, mande lembranças aos de casa!

Dito isso, abriu as asas e voou pela janela, que estava aberta, até se perder de vista.

O pobre boneco ficou ali, como que encantado, com os olhos vidrados, a boca aberta e a casca do ovo na mão. Recuperando-se do desconcerto inicial, começou a chorar, a gritar, a bater os pés no chão de desespero; e chorando, dizia:

– Bem que o Grilo Falante tinha razão! Se eu não tivesse fugido de casa e se meu pai estivesse aqui, agora eu não estaria morrendo de fome! Ai, que sofrimento horrível é a fome!...

Como o corpo continuava a reclamar mais do que nunca, e ele não sabia aquietá-lo, pensou em sair de casa e dar um pulo no povoado vizinho, na esperança de encontrar alguma alma caridosa que lhe oferecesse um pedaço de pão.

VI.

Pinóquio adormece com os pés no braseiro e, na manhã seguinte, acorda com os pés queimados.

Era uma noite terrível de inverno. Trovoava forte e relampejava como se o céu pegasse fogo. E um vento frio e avassalador assobiava com raiva e erguia uma imensa nuvem de poeira, fazendo rangerem e estalarem as árvores do campo.

Pinóquio estava com muito medo dos trovões e relâmpagos, só que a fome era maior que o medo; por isso se aproximou da porta de casa e, em passo acelerado, numa centena de pulos, chegou à cidadezinha, com a língua de fora, ofegante como um cão de caça.

Mas encontrou tudo escuro e deserto. As lojas estavam fechadas; as portas das casas, fechadas; as janelas, fechadas; na rua não havia um cão. Parecia a cidade dos mortos.

Então Pinóquio, tomado pelo desespero e pela fome, agarrou-se à campainha de uma casa e começou a tocar sem parar, dizendo consigo mesmo:

– Alguém há de aparecer.

E, de fato, apareceu um velhinho, com o gorro de dormir na cabeça, que gritou muito irritado:

– O que você quer a esta hora?

– O senhor poderia me dar um pedaço de pão, por favor?

– Espere aí que já volto – respondeu o velhinho, achando que se tratava de um daqueles moleques desmiolados, que se divertem de noite tocando as campainhas das casas para incomodar as pessoas de bem, que dormem tranquilamente.

Depois de meio minuto, a janela se abriu de novo e o mesmo velhinho gritou para Pinóquio:

– Venha aqui embaixo e tire o chapéu.

Pinóquio tirou o chapeuzinho, mas, enquanto tentava falar com o velhinho, sentiu cair um enorme balde de água, que o encharcou da cabeça aos pés como se fosse um vaso de gerânio murcho.

Voltou para casa molhado como um pintinho, exausto e morto de fome. E, como não tinha mais forças para ficar em pé, sentou-se apoiando os pés encharcados e enlameados num fogareiro cheio de brasas acesas.

E ali adormeceu. E, ao dormir, seus pés, que eram de madeira, pegaram fogo e lentamente foram queimando, virando cinza.

Pinóquio continuava a dormir e a roncar como se os pés fossem de outra pessoa. Finalmente, quando amanheceu, despertou porque ouviu alguém batendo na porta.

– Quem é? – perguntou bocejando e esfregando os olhos.

– Sou eu – respondeu uma voz.

Era a voz de Geppetto.

VII.

Geppetto volta para casa, refaz os pés do boneco e lhe dá o café da manhã que tinha trazido para si.

O pobre Pinóquio, com os olhos embaçados de sono, ainda não tinha visto que seus pés haviam queimado. Por isso, assim que ouviu a voz de seu pai, pulou do banquinho e correu para tirar a trava da porta. Mas, depois de dois ou três passos em falso, cai estatelado no chão.

E, ao bater no chão, fez um barulho que parecia um monte de colheres de pau caindo do quinto andar.

– Abra! – dizia Geppetto da rua.

– Não posso, meu paizinho – respondia o boneco chorando e rolando no chão.

– Por que não pode?

– Porque comeram os meus pés.

– E quem foi que comeu?

– O gato – disse Pinóquio, vendo que o gato se divertia jogando um pedaço de madeira para cá e para lá com as patas da frente.

– Pois lhe digo para abrir! – repetiu Geppetto –, senão, quando eu entrar em casa, vou lhe mostrar quem é o gato!

– Não consigo ficar em pé, acredite. Ai, pobre de mim! Terei que caminhar com os joelhos pelo resto da vida!...

Geppetto, achando que toda essa lamúria fosse outra arte do boneco, pensou em acabar logo com isso e, escalando a parede, entrou em casa pela janela.

A princípio, queria lhe dar uma bela bronca. Mas depois, quando viu Pinóquio deitado no chão e sem os pés de verdade, amoleceu. Pegando-o no colo imediatamente, começou a beijá-lo e a acariciá-lo, e com lágrimas escorrendo pelas bochechas, lhe disse, soluçando:

– Pinoquinho, meu querido! Como é que você queimou os pés?

– Não sei, papai, só posso dizer que foi uma noite infernal, e vou me lembrar dela enquanto viver. Trovoava, relampejava, e eu sentia uma fome enorme. Então, o Grilo Falante me disse: "Bem feito; você foi malvado e merece"; e eu lhe disse: "Olhe lá, Grilo!..."; e ele me disse: "Você é um boneco e tem a cabeça dura"; e eu joguei o cabo do martelo nele, e ele morreu, mas a culpa foi dele porque eu não queria matá-lo, prova disso é que coloquei uma panela nas brasas acesas do fogareiro, mas o pintinho saiu do ovo e disse: "Até logo... e mande lembranças aos de casa", e a fome aumentava cada vez mais, e então aquele velhinho com o gorro de dormir, aparecendo na janela, me disse: "Venha aqui embaixo e tire o chapéu", e eu, depois de levar aquele balde de água na cabeça, porque pedir um pedaço de pão não é vergonhoso, não é mesmo?, voltei para casa e, como ainda estava com muita fome, apoiei os pés no fogareiro para me secar, o senhor voltou e eles estavam queimados; enquanto isso, a fome ainda não passou, mas os pés eu não tenho mais! Buá!... buá!... buá!...

E o pobre Pinóquio começou a chorar e a berrar tão forte que dava para ouvir a cinco quilômetros de distância.

Geppetto, que daquela fala confusa tinha entendido somente que o boneco estava morrendo de fome, tirou do bolso três peras e, oferecendo-as a ele, disse:

– Estas três peras eram para o meu café da manhã, mas posso dá-las a você com prazer. Coma e aproveite.

– Se quer que eu coma, por favor, descasque-as.

– Descascá-las? – respondeu Geppetto surpreso. – Nunca imaginaria que você tivesse um paladar tão luxento e enjoado, meu filho. Isto é ruim! Neste mundo é preciso desde criança se acostumar a experimentar e saber comer de tudo, pois nunca se sabe o dia de amanhã. Tudo pode acontecer!...

– O senhor tem razão – acrescentou Pinóquio –, mas nunca vou comer uma fruta que não estiver descascada. Não suporto as cascas.

E o bom Geppetto pegou uma faquinha e, armado de muita paciência, descascou as três peras e pôs as cascas num cantinho da mesa.

Depois de comer a primeira pera, Pinóquio ameaçou jogar o miolo, mas Geppetto segurou seu braço, dizendo:

– Não o jogue fora; tudo neste mundo pode ser útil.

– Mas o miolo eu não vou comer!... – gritou o boneco, revoltando-se como uma víbora.

– Quem sabe? Tudo pode acontecer!... – repetiu Geppetto, sem se alterar.

Fato é que os três miolos, em vez de serem jogados pela janela, foram postos no canto da mesa, junto com as cascas.

Depois de ter comido, ou melhor, devorado as três peras, Pinóquio fez um longo bocejo e disse choramingando:

– Ainda estou com fome!

– Mas, meu filho, não tenho mais nada para lhe dar.

– Nada mesmo?

– Teria só essas cascas e miolos de pera.

– Paciência! – disse Pinóquio. – Se não tem mais nada, vou comer uma casca.

E começou a mastigar. No começo, fez uma careta, mas, depois, num piscar de olhos fez desaparecer todas as cascas; e depois das cascas, também os miolos, e quando terminou de comer tudo, bateu contente as mãos na barriga, dizendo:

– Agora sim estou bem!

– Viu que eu tinha razão quando disse que não é bom ter paladar muito sofisticado nem delicado demais? – observou Geppetto. – É, meu querido, nunca se sabe o que este mundo nos reserva. Tudo pode acontecer!...

VIII.

Geppetto refaz os pés de Pinóquio e vende o próprio casaco para lhe comprar uma cartilha.

Assim que saciou a fome, o boneco começou a esbravejar e chorar porque queria um par de pés novos.

Mas Geppetto, para castigá-lo por ele ter aprontado, deixou-o chorar e se desesperar por meio dia e, então, lhe disse:

– E por que eu refaria os seus pés? Para lhe ver escapar de novo de casa?

– Eu prometo – disse o boneco soluçando – que de hoje em diante serei bom...

– Todos os meninos quando querem algo dizem isso – disse Geppetto.

– Prometo que irei à escola, estudarei e serei honrado...

– Todos os meninos, quando querem algo, repetem a mesma história.

– Mas eu não sou como os outros meninos! Sou melhor que todos e digo sempre a verdade. Prometo, papai, que aprenderei um ofício e serei o consolo e o apoio da sua velhice.

Geppetto, que fazia cara de malvado, mas estava com os olhos cheios de lágrimas e o coração transbordando ao ver seu pobre Pinóquio naquele estado de dar pena, não disse mais nada. Pegou as ferramentas, dois pedaços de madeira seca e se pôs a trabalhar com grande empenho.

Em menos de uma hora, os pés estavam bem-feitinhos: dois pés vivos, sequinhos e espertos, como se tivessem sido modelados por um artista genial.

Então Geppetto disse ao boneco:

– Feche os olhos e durma!

E Pinóquio fechou os olhos e fez de conta que dormia. E, enquanto fingia adormecido, com um pouco de cola dissolvida numa casca de ovo, Geppetto colou os dois pés no lugar e os grudou de um jeito que nem dava para ver que tinham sido colados.

Assim que o boneco se deu conta de ter os pés, pulou da mesa em que estava estendido e começou a fazer mil passos e cambalhotas, como se tivesse enlouquecido de tão contente.

– Para retribuir o que fez por mim – disse Pinóquio a seu pai –, quero ir agora mesmo para a escola.

– Bom menino!

– Mas para ir para a escola preciso de uma roupa.

Geppetto, que era pobre e não tinha nem um tostão no bolso, fez-lhe uma roupinha de papel florido, um par de sapatos de casca de árvore e um gorrinho de miolo de pão.

No mesmo instante, Pinóquio correu para se olhar no espelho de uma bacia d'água e ficou tão contente com o que viu que disse, envaidecido:

– Pareço até um cavalheiro!

– É verdade – respondeu Geppetto –, porém nunca se esqueça: não é a roupa bonita que faz o cavalheiro, mas sim a roupa limpa.

– A propósito – acrescentou o boneco –, para ir à escola, está faltando algo. Aliás, está faltando o mais importante.

– E o que é?

– Está faltando a cartilha.

– Tem razão, mas como fazer para consegui-la?

– Muito fácil: vamos à livraria e compramos.

– E o dinheiro?

– Eu não tenho.

– Nem eu – acrescentou o velho, demonstrando tristeza.

E Pinóquio, embora fosse um menino muito alegre, ficou triste também, pois a miséria, quando é miséria de verdade, até as crianças percebem.

– Paciência! – gritou Geppetto, levantando-se de repente. E, enfiando o velho casaco de fustão, cheio de retalhos e remendos, saiu correndo de casa.

Pouco depois, voltou. E voltou com a cartilha para o filho nas mãos, mas sem o casaco. O pobre homem estava em manga de camisa, e lá fora estava nevando.

– Cadê o seu casaco, papai?

– Vendi.

– Por que vendeu?

– Porque eu estava com calor.

Pinóquio compreendeu na hora a resposta e, não podendo conter o ímpeto de seu bom coração, pulou no colo de Geppetto e pôs-se a beijar seu rosto todo.

IX.

Pinóquio vende a cartilha para ver o teatrinho de bonecos.

Assim que parou de nevar, Pinóquio, com sua linda cartilha nova debaixo do braço, pegou a rua que levava à escola; e, caminhando, fantasiava em sua cabecinha mil pensamentos e castelos no ar, um mais lindo que o outro.

Falando sozinho, dizia:

– Hoje, na escola, quero logo aprender a ler. Depois, amanhã, vou aprender a escrever e, depois de amanhã, vou a prender a fazer os números. Depois, com a minha habilidade, vou ganhar muito dinheiro e, assim que tiver um dinheirinho no bolso, quero comprar um belo casaco de pano para o meu pai. Mas que de pano o quê? Quero logo um de prata e ouro, com botões de brilhantes. Aquele pobre homem merece de verdade, pois para comprar meus livros e para que eu pudesse estudar ficou em manga de camisa... com esse frio! Só os pais são capazes de sacrifícios assim!...

Enquanto dizia isso todo comovido, pareceu-lhe ouvir lá longe o som de pífaros e batidas de zabumba: *firolim, firolaá, tum, tum, tum, tum.*

Parou e ficou escutando. Aquele som vinha lá do fundo de uma estrada bem comprida que levava a um pequeno vilarejo construído na praia.

– O que será essa música? Pena que eu tenho que ir para a escola, senão...

E ficou ali pensativo. De todo modo, era preciso tomar uma decisão: ou ia para a escola ou ia ouvir os pífaros.

– Hoje vou ouvir os pífaros e amanhã vou para a escola. Há sempre tempo de ir para a escola – disse finalmente o danado, encolhendo os ombros.

Dito e feito, pegou o rumo da estrada e começou a correr. Quanto mais corria, mais claros eram o som dos pífaros e as batidas da zabumba: *firolim, firolaá, tum, tum, tum, tum.*

Quando viu, estava em uma praça cheia de gente, que se aglomerava em torno de um barracão de madeira e tecido pintado com mil cores.

– O que é este barracão? – perguntou Pinóquio, dirigindo-se a um menino ali do lugarejo.

– Leia o cartaz e vai saber, está escrito ali.

– Leria com prazer, mas justo hoje eu não sei ler.

– Parabéns, burrinho! Então eu leio para você. Saiba que naquele cartaz, com letras vermelhas como o fogo, está escrito: GRANDE TEATRO DE BONECOS...

– Já faz tempo que começou a peça?

– Começa agora.

– E quanto custa para entrar?

– Quatro moedas.

Pinóquio, que estava morrendo de curiosidade, perdeu toda cerimônia e, sem vergonha nenhuma, disse ao menino com quem conversava:

– Você me emprestaria quatro moedas até amanhã?

– Emprestaria com prazer – respondeu o outro, caçoando dele –, mas justo hoje não posso.

– Por quatro moedas lhe vendo a minha jaqueta – disse então o boneco.

– O que você quer que eu faça com uma jaqueta de papel florido? Se chover, nem dá mais para tirar do corpo.

– Quer comprar os meus sapatos?

– São bons para acender o fogo.

– Quanto você me dá pelo gorro?

– Uau! Isso sim é que é uma bela compra! Um gorro de miolo de pão! Só se quiser que os ratos venham comer na minha cabeça!

Pinóquio estava impaciente. Quase pronto para fazer uma última oferta, mas sem coragem; hesitava, vacilava, sofria. Por fim, disse:

– Quer me dar quatro moedas por esta cartilha nova?

– Sou criança e não compro nada de crianças – respondeu seu pequeno interlocutor, que tinha muito mais juízo que ele.

– Por quatro moedas compro eu a cartilha – gritou um revendedor de tecidos usados, que presenciou a conversa.

E o livro foi vendido ali num piscar de olhos. E pensar que o pobre Geppetto ficou em casa tremendo de frio em manga de camisa para comprar a cartilha do filho!

X.

Os bonecos reconhecem o irmão Pinóquio e fazem festa para ele, mas na melhor parte aparece Cospe-fogo, e Pinóquio corre o risco de acabar mal.

Quando Pinóquio entrou no teatrinho das marionetes, acontece um fato que despertou uma meia revolução.

É preciso saber que as cortinas estavam erguidas e que a peça já havia começado.

Em cena, Arlequim e Polichinelo discutiam como sempre, ameaçando de um momento a outro trocar tapas e bastonadas.

A plateia, atenta, quase morria de rir ao ouvir o bate-boca daqueles dois bonecos, que gesticulavam e se insultavam tão de verdade que pareciam dois animais racionais e duas pessoas deste mundo.

Quando, de repente, do nada, Arlequim para de encenar e, se dirigindo ao público e acenando com a mão para alguém no fundo da plateia, começa a gritar em tom dramático:

– Meu Deus do céu, estou sonhando ou estou acordado? Aquele ali atrás não é o Pinóquio?

– É o Pinóquio mesmo! – grita Polichinelo.

– É ele! – confirma a senhora Rosaura, espreitando do fundo do palco.

– É o Pinóquio! É o Pinóquio! – gritam todos os bonecos, pulando para fora dos bastidores. – É o Pinóquio! Nosso irmão Pinóquio! Viva o Pinóquio!

– Pinóquio, venha aqui em cima – grita Arlequim. – Venha abraçar seus irmãos de madeira!

Ao ouvir aquele convite afetuoso, Pinóquio dá um salto e, do fundo da plateia, passa para as primeiras fileiras; depois, saltando das primeiras fileiras, passa por cima da cabeça do maestro, e dali se joga para o palco.

É impossível imaginar quantos abraços, apertões, beliscões de brincadeira e cabeçadas de verdadeira e sincera fraternidade Pinóquio recebeu em meio a tanto entusiasmo dos atores e atrizes daquela companhia de teatro dramático-vegetal.

Era um espetáculo comovente, não há o que dizer, mas o público da plateia, vendo que a comédia não recomeçava, ficou impaciente e começou a gritar:

– Queremos a comédia, queremos a comédia!

Perda de tempo, pois os bonecos, em vez de continuarem a encenação, fizeram ainda mais barulho e gritaria, e, carregando Pinóquio nos ombros, levaram-no triunfante para as luzes da ribalta.

Então, saiu lá de trás o bonequeiro, um homão tão feio que dava medo só de olhar. Tinha uma barba preta que parecia uma mancha de tinta e era tão longa que saía do queixo e ia até o chão: tanto que, quando caminhava, pisava nela com os pés. Sua boca era larga como um forno, seus olhos pareciam duas lanternas de vidro vermelho com a luz acesa atrás e, com as mãos, estalava um grande chicote, feito de serpentes e rabos de raposa entrelaçados.

Quando o bonequeiro apareceu, logo todos se calaram e não deram mais um pio. Dava para ouvir uma mosca voar. Os pobres bonecos, homens e mulheres, tremiam feito vara verde.

– Por que você veio causar confusão no meu teatro? – perguntou o bonequeiro a Pinóquio, com o vozeirão de um Ogro muito resfriado.

– Acredite, ilustríssimo, a culpa não foi minha!...

– Chega! Mais tarde faremos as contas.

De fato, quando a comédia terminou, o bonequeiro foi até a cozinha, onde havia preparado um belo cordeiro que rodava lentamente enfiado no espeto. E como faltava lenha para terminar de assá-lo e dourá-lo, chamou Arlequim e Polichinelo e lhes disse:

– Tragam-me aquele boneco que está pendurado no prego. Parece um boneco feito de uma madeira bem seca, tenho certeza de que, se jogá-lo no fogo, dará uma boa acendida na chama do meu assado.

Arlequim e Polichinelo no começo hesitaram, mas, temendo o olhar do patrão, obedeceram. Pouco depois, voltaram à cozinha trazendo nos braços o pobre Pinóquio, que, tentando se soltar a todo custo, gritava desesperadamente:

– Meu pai, me salve! Não quero morrer, não quero morrer!...

XI.

Cospe-fogo espirra e perdoa Pinóquio, que depois defende da morte o seu amigo Arlequim.

Cospe-fogo (este era o seu nome) parecia um homem assustador, e não digo que não fosse, especialmente porque tinha uma barbona preta que lhe cobria o peito todo e as pernas como um avental, mas no fundo não era um homem mau. Prova disso é que, quando viu que o traziam o pobre Pinóquio, debatendo-se feito um louco e gritando "Não quero morrer, não quero morrer!", logo se comoveu e ficou com pena. E, depois de resistir um pouco até quanto aguentou, soltou um fortíssimo espirro.

Ao ouvir aquele espirro, Arlequim, que até então estava aflito e encurvado como um chorão, alegrou a expressão do rosto e, inclinando-se em direção a Pinóquio, sussurrou:

– Boas novas, irmão. O bonequeiro espirrou, e isto é sinal de que está tomado de compaixão por você, e que você está salvo.

Pois é preciso saber que, enquanto todos os homens, quando sentem piedade de alguém, choram ou ao menos fingem enxugar os olhos, Cospe-fogo, sempre que amolecia de verdade, tinha o costume de espirrar. Era um modo como tantos de expressar aos outros a sensibilidade do seu coração.

Depois de ter espirrado, o bonequeiro, continuando a fazer papel de malvado, gritou para Pinóquio:

– Pare de chorar! Seus lamentos me deixaram com um vazio no fundo do estômago... Sinto uma dor, que quase, quase... Atchim! Atchim! – e espirrou duas vezes.

– Saúde! – disse Pinóquio.

– Obrigado. Seu pai e sua mãe ainda estão vivos? – perguntou Cospe-fogo.

– Meu pai, sim. Minha mãe, nunca conheci.

– Quem sabe que desprazer seria para o seu pai se eu jogasse você agora no meio do carvão em brasa. Pobre velho! Tenho dó dele!... Atchim! Atchim! Atchim! – e deu mais três espirros.

– Saúde! – disse Pinóquio.

– Obrigado! Mas é preciso ter dó também de mim, pois, como você vê, não tenho mais lenha para terminar de assar o cordeiro, e, para dizer a verdade, você me ajudaria muito! Mas fiquei com pena e, agora, paciência! Ao invés de você, vou colocar para queimar algum boneco da minha Companhia... Guardas!

A esse comando, logo apareceram dois guardas de madeira, compridos, compridos, secos, secos, com o chapéu de soldado na cabeça e a espingarda desembainhada na mão.

Então o bonequeiro lhes disse com voz rouca:

– Peguem ali aquele Arlequim, amarrem-no firme e depois o joguem para queimar no fogo. Quero que meu cordeiro fique bem assado!

Imaginem o pobre Arlequim! Ficou tão assustado que suas pernas estremeceram e ele caiu duro no chão.

Pinóquio, ao ver aquele espetáculo torturante, jogou-se aos pés do bonequeiro e, chorando a cântaros e molhando com lágrimas os pelos daquela barba compridíssima, começou a falar com voz suplicante:

– Piedade, senhor Cospe-fogo!...

– Aqui não há nenhum senhor! – respondeu com dureza o bonequeiro.

– Piedade, senhor Cavaleiro!...

– Aqui não há nenhum cavaleiro!

– Piedade, senhor Comendador!...

– Aqui não há nenhum comendador!...

– Piedade, Excelência!...

Ao ouvir ser chamado de Excelência, o bonequeiro logo amoleceu e, se tornando repentinamente mais humano e mais acessível, disse a Pinóquio:

– Está bem, o que você quer de mim?

– Peço a sua graça para o pobre Arlequim!...

– Aqui não há graça que resolva. Se poupei você, é preciso que o coloque no fogo, pois quero que meu cordeiro fique bem assado.

– Neste caso – gritou com orgulho Pinóquio, se endireitando e jogando fora o seu gorro de miolo de pão –, neste caso, sei qual é o meu dever. Avante, senhores guardas! Prendam-me e joguem-me no fogo. Não é justo que o pobre Arlequim, meu verdadeiro amigo, morra por mim!...

Essas palavras, pronunciadas em voz alta e tom heroico, fizeram chorar todos os bonecos que estavam no teatro. Os próprios guardas, embora fossem de madeira, choravam como dois carneirinhos.

Cospe-fogo, no início, permaneceu duro e imóvel como uma pedra de gelo. Mas depois, pouco a pouco, começou a se comover e a espirrar. E, depois de dar quatro ou cinco espirros, abriu carinhosamente os braços e disse a Pinóquio:

– Você é um menino muito bom! Venha cá e me dê um beijo.

Pinóquio correu imediatamente e, subindo como um esquilo pela barba do bonequeiro, deu-lhe um belíssimo beijo na ponta do nariz.

– Então estou perdoado? – perguntou Arlequim com um fio de voz que mal se ouvia.

– Está perdoado! – respondeu Cospe-fogo. Depois acrescentou, suspirando e balançando a cabeça:

– Paciência! Esta noite vou me conformar em comer o cordeiro meio cru, mas, na próxima, ai de quem for a vez!...

Ao ouvir sobre o perdão, todos os bonecos correram para o palco e, acendendo as luzes e holofotes, como numa noite de gala, começaram a pular e a dançar. Amanheceu e eles ainda dançavam.

XII.

O bonequeiro Cospe-fogo presenteia Pinóquio com cinco moedas de ouro para que as dê a seu pai Geppetto. Mas Pinóquio se deixa levar pela conversa da Raposa e do Gato e vai embora com eles.

No dia seguinte, Cospe-fogo chamou Pinóquio de lado e lhe perguntou:

– Como se chama o seu pai?

– Geppetto.

– E o que ele faz da vida?

– É pobre.

– Ganha muito?

– Ganha o necessário para nunca ter um tostão no bolso. Imagine que para comprar a minha cartilha da escola ele teve que vender o único casaco que tinha no corpo. Um casaco que, entre emendas e remendos, era um trapo.

– Pobre coitado! Me dá quase pena. Tome. Leve essas cinco moedas de ouro para ele e mande lembranças da minha parte.

Pinóquio, como é fácil imaginar, agradeceu mil vezes o bonequeiro, abraçou todos os bonecos da Companhia, um por um, inclusive os guardas. E, fora de si de tão contente, pôs-se a caminho de volta para casa.

Mas ainda não tinha andado um quilômetro e encontrou na estrada uma Raposa manca de um pé e um Gato cego dos dois olhos, que caminhavam como podiam, um ajudando o outro, como bons companheiros de desventura. A Raposa, que era manca, caminhava apoiada no Gato; e o Gato, que era cego, deixava a Raposa guiá-lo.

– Bom dia, Pinóquio – disse a Raposa, cumprimentando-o educadamente.

– Como sabe o meu nome? – perguntou o boneco.

– Conheço bem seu pai.

– Onde o viu?

– O vi ontem na porta de casa.

– E o que estava fazendo?

– Estava em manga de camisa e tremia de frio.

– Pobre papai! Mas, se Deus quiser, de hoje em diante não irá mais tremer!...

– Por quê?

– Porque fiquei rico.

– Rico, você? – disse a Raposa, e começou a rir um riso deselegante e zombeteiro. E o Gato também ria, mas, para não demonstrá-lo, penteava os bigodes com as patas da frente.

– Não há do que rir – gritou Pinóquio incomodado. – Sinto muito se lhes faço passar vontade, mas essas aqui, se é que vocês conhecem, são cinco belíssimas moedas de ouro.

E tirou do bolso as cinco moedas que ganhara do Cospe-fogo.

Ao simpático som daquelas moedas, a Raposa, num movimento involuntário, esticou a perna que parecia encarquilhada, e o Gato arregalou os dois olhos, que pareciam duas lanternas verdes. Mas logo em seguida os fechou, tanto que Pinóquio nem percebeu.

– E então? – perguntou a Raposa. – O que vai fazer com essas moedas?

– Antes de mais nada – respondeu o boneco –, quero comprar um lindo casaco novo para o meu pai, todo de ouro e prata, com botões de brilhantes. E, depois, quero comprar uma cartilha.

– Para você?

– Sim, quero ir para a escola e começar a estudar direitinho.

– Olhe para mim! – disse a Raposa. – Por causa da mania boba de estudar, perdi uma perna.

– Olhe para mim! – disse o Gato. – Por causa da mania boba de estudar, perdi a visão dos dois olhos.

Enquanto isso, um melro branco, empoleirado na sebe da estrada, fez o gorjeio de sempre e disse:

– Pinóquio, não dê ouvidos aos conselhos das más companhias, senão vai se arrepender!

Pobre melro, antes tivesse ficado calado! O Gato, dando um grande pulo, atirou-se nele e, sem lhe dar sequer o tempo de dizer *oh*, engoliu-o numa bocada só, com as penas e tudo.

Ao terminar de comer, limpando a boca, fechou os olhos de novo e voltou a se fingir cego como antes.

– Pobre Melro! – disse Pinóquio ao Gato. – Por que o tratou assim tão mal?

– Fiz isso para lhe dar uma lição. Assim, da próxima vez, aprende a não se meter nas conversas dos outros.

Já tinham feito metade do caminho quando a Raposa, parando de repente, disse ao boneco:

– Quer multiplicar suas moedas de ouro?

– O quê?

– Quer transformar as cinco míseras moedinhas em cem, mil, duas mil?

– Quem dera. E de que jeito?

– É facílimo. Em vez de voltar para casa, você deveria vir conosco.

– E aonde vocês querem me levar?

– Ao país das Corujas.

Pinóquio pensou um pouco e depois disse resolutamente:

– Não, não quero ir. Já estou perto de casa e quero ir para casa, onde meu pai me espera. Só Deus sabe quanto o pobre velho suspirou ao ver que não voltei ontem. Infelizmente, fui um filho malvado, e o Grilo Falante tinha razão quando dizia: "Os meninos desobedientes não podem se dar bem neste mundo". E eu experimentei isso na pele, pois me aconteceram muitas desgraças, e ontem mesmo, na casa do Cospe-fogo, corri perigo... Brrr! Arrepio só de pensar!

– Bem – disse a Raposa –, você quer mesmo ir para casa? Então vá. Pior para você!

– Pior para você! – repetiu o Gato.

– Pense bem, Pinóquio, você está jogando a sorte no lixo.

– A sorte no lixo! – repetiu o Gato.

– Suas cinco moedinhas, de hoje para amanhã, poderiam virar duas mil.

– Duas mil! – repetiu o Gato.

– Mas como é possível virarem tantas? – perguntou Pinóquio, boquiaberto de espanto.

– Já explico – disse a Raposa. – Pois saiba que no país das Corujas há um campo abençoado, que todos chamam de Campo dos milagres. Você faz, nesse campo, um pequeno buraco e coloca dentro, por exemplo, uma moeda de ouro. Depois cobre o buraco com um pouco de terra; rega com dois baldes de água da fonte, joga em cima uma pitada de sal e, de noite, vai para a cama tranquilamente. Enquanto isso, durante a noite, a moeda germina e floresce e, na manhã seguinte, ao raiar do dia, você volta ao campo e o que encontra? Encontra uma linda árvore, tão cheia de moedinhas de ouro quanto as espigas de grãos de milho no mês de junho.

– Quer dizer então que, se eu enterrasse minhas cinco moedas naquele campo, na manhã seguinte quantas encontraria? – disse Pinóquio, cada vez mais espantado.

– É muito fácil fazer a conta – respondeu a Raposa. – Dá para contar na ponta dos dedos. Se cada moeda der um cacho de cinquenta moedas, multiplique cinquenta por cinco e, na manhã seguinte, terá no bolso duas mil e quinhentas moedas brilhantes tilintando.

– Ah, que lindo! – gritou Pinóquio, dançando de alegria. – Assim que colher essas moedas, pegarei duas mil para mim e as outras quinhentas darei a vocês de presente.

– De presente para nós? – gritou a Raposa, indignada e mostrando-se ofendida. – Deus me livre!

– Me livre! – repetiu o Gato.

– Nós – retomou a Raposa – não trabalhamos por interesses vis. Só trabalhamos para enriquecer os outros.

– Os outros! – repetiu o Gato.

– Que pessoas honradas! – pensou consigo Pinóquio. E se esquecendo logo do pai, do casaco novo, da cartilha e de todos os bons propósitos, disse à Raposa e ao Gato:

– Vamos. Vou com vocês.

XIII.

A taberna do "Camarão Vermelho".

Caminha, caminha, caminha, até que, ao anoitecer, chegaram cansados à taberna do Camarão Vermelho.

– Vamos parar um pouco aqui – disse a Raposa – só para comermos algo e repousarmos algumas horas. À meia-noite partiremos para estarmos no Campo dos milagres ao amanhecer.

Depois de entrarem na taberna, sentaram-se os três à mesa, mas nenhum deles estava com apetite.

O pobre Gato, sentindo-se muito indisposto do estômago, conseguiu comer somente trinta e cinco filés de salmão ao molho de tomate e quatro porções de buchada à parmegiana; e, como a buchada não lhe parecia muito bem temperada, pediu três porções extra de manteiga e parmesão ralado!

A Raposa também teria beliscado algo, mas, como o médico havia recomendado uma dieta restritíssima, teve que se contentar com uma simples lebre agridoce e um levíssimo acompanhamento de galinhas gordas e galetos ao primo canto. Depois da lebre, pediu de tira-gosto um fricassê de perdizes, codornas, rãs, lagartos e uva vermelha. Depois não quis mais nada. Estava tão nauseada com comida, dizia ela, que não podia aproximar nada da boca.

Quem comeu menos de todos foi Pinóquio. Pediu um pedaço de noz e a pontinha de um pão, e deixou tudo no prato. O pobrezinho, com o pensamento fixo no Campo dos milagres, tinha tido uma indigestão antecipada de moedas de ouro.

Quando terminaram de jantar, a Raposa disse ao dono da taberna:

– Nos dê dois bons quartos, um para o senhor Pinóquio e outro para mim e para o meu companheiro. Antes de irmos embora, tiraremos uma soneca. Lembre-se, porém, que à meia-noite gostaríamos de ser acordados para continuarmos nossa viagem.

– Sim, senhores – respondeu o dono da taberna e deu uma piscada para a Raposa e para o Gato, como quem diz: "Entendi o recado, estamos combinados!...".

Assim que Pinóquio deitou na cama, adormeceu de repente e começou a sonhar. E, no sonho, parecia estar no meio de um campo, um campo cheio de arbustos carregados de cachos. E os cachos estavam cheios de moedas de ouro que balançavam ao vento, fazendo *dlin, dlin, dlin*, como se dissessem: "Quem quiser venha nos pegar". Mas, na melhor parte do sonho, quando Pinóquio estendeu a mão para pegar todas aquelas moedas lindas e colocá-las no bolso, foi repentinamente acordado por três batidas brutas na porta do quarto.

Era o dono da taberna que vinha lhe dizer que o relógio havia tocado meia-noite.

– E os meus companheiros, estão prontos? – perguntou-lhe o boneco.

– Mais do que prontos! Foram embora há duas horas.

– Por que tanta pressa?

– Porque o Gato recebeu uma mensagem: seu gatinho mais velho, que sofre de frieiras nos pés, estava correndo perigo de vida.

– E o jantar, eles pagaram?

– O que o senhor acha? Eles são pessoas educadas demais para fazer uma ofensa desse tipo a vossa senhoria.

– Que pena! Esta ofensa teria me agradado! – disse Pinóquio, coçando a cabeça.

Depois perguntou:

– E onde os bons amigos disseram que me esperariam?

– No Campo dos milagres, amanhã de manhã, ao raiar do dia.

Pinóquio pagou uma moeda por seu jantar e de seus amigos e depois partiu.

Mas digamos que partiu tateando, porque fora da taberna estava tão escuro que não se via um palmo diante do nariz. No campo ali ao redor não se ouvia uma folha se mover. Somente alguns pássaros noturnos, cruzando a estrada de uma cerca a outra, batiam as asas sobre o nariz de Pinóquio, que, dando um pulo para trás de medo, gritava:

– Quem está aí? – e o eco das colinas ao redor repetia lá longe: – Quem está aí? Quem está aí? Quem está aí?

Enquanto caminhava, viu no tronco de uma árvore um pequeno animal que reluzia uma luz pálida e opaca como a luz fraca de uma lamparina de porcelana transparente.

– Quem é você? – perguntou-lhe Pinóquio.

– Sou a sombra do Grilo Falante – respondeu o animalzinho, com uma voz bem fraquinha, que parecia vir do além.

– O que quer de mim? – disse o boneco.

– Quero lhe dar um conselho. Volte para casa e leve as quatro moedas que restam ao seu pobre pai, que chora e se desespera por não ter notícias de você.

– Amanhã meu pai ficará rico, pois estas quatro moedas se tornarão duas mil.

– Meu menino, não confie naqueles que prometem lhe tornar rico do dia para a noite. Normalmente são loucos ou trapaceiros! Ouça o que digo e volte para casa.

– Mas eu quero seguir em frente.

– É tarde!...

– Quero seguir em frente.

– Já é noite escura...

– Quero seguir em frente.

– A estrada é perigosa.

– Quero seguir em frente.

– Lembre-se que os meninos que só querem fazer a própria vontade mais cedo ou mais tarde se arrependem.

– A mesma ladainha de sempre. Boa noite, Grilo.

– Boa noite, Pinóquio, que os céus lhe protejam do orvalho e dos bandidos!

Ao pronunciar essas últimas palavras, o Grilo Falante apagou de uma vez como se apaga uma vela com um assopro, e a estrada ficou mais escura que antes.

XIV.

Pinóquio, por não ter dado ouvido aos bons conselhos do Grilo Falante, deu de cara com os bandidos.

– Na verdade – disse consigo mesmo o boneco, retomando a viagem –, como nós, pobres crianças, somos infelizes! Todos nos dão bronca, todos nos repreendem, todos nos dão conselhos. Se deixarmos, todos acham que são nossos pais e professores; todos, até os Grilos falantes. Por isso eu não quis dar ouvidos àquele Grilo odioso, só Deus sabe quantas desgraças poderiam me acontecer, segundo ele! Até encontrar os bandidos! Ainda bem que não acredito em bandidos nem nunca acreditei. Acho que os bandidos foram inventados pelos pais para pôr medo nas crianças que querem sair para a rua de noite. Além do mais, se os encontrasse aqui na estrada, me dariam medo? Nem sonhando. Olharia bem na cara deles e diria: "Senhores bandidos, o que querem de mim? Lembrem-se de que comigo não se brinca! Cuidem da própria vida e fiquem quietos!". Com esse discurso bem-feito, acho que os pobres bandidos iriam embora como o vento. Se fossem tão mal-educados a ponto de não irem embora, então iria embora eu e acabaria com tudo...

Mas Pinóquio não pôde terminar seu raciocínio, pois lhe pareceu ouvir atrás de si um leve movimento de folhas.

Virou-se para olhar e viu, no escuro, duas figuras horríveis, enfiadas em dois sacos de carvão, que corriam atrás dele pulando na ponta dos pés como se fossem fantasmas.

– Aqui estão eles de verdade! – disse consigo mesmo. E, não sabendo onde esconder as quatro moedas, escondeu-as na boca, mais precisamente embaixo da língua.

Então, tentou escapar. Mas, ainda antes de dar o primeiro passo, sentiu que agarravam seus braços e ouviu duas vozes horríveis e cavernosas que lhe disseram:

– A bolsa ou a vida!

Não podendo responder com palavras, porque estava com as moedas na boca, Pinóquio fez mil salamaleques e gestos para dar a entender aos dois encapuzados, dos quais se viam apenas os olhos através dos buracos nos sacos, que ele era um pobre boneco e que não tinha sequer um centavo falso no bolso.

– Vamos, vamos! Fale menos e passe o dinheiro para cá! – gritavam ameaçando os dois bandidos. E o boneco fez um sinal com a cabeça e com as mãos como quem diz: “Não tenho”.

– Ou passa o dinheiro ou morre – disse o bandido mais alto.

– Morre! – repetiu o outro.

– E, depois de matar você, mataremos também seu pai!

– Também seu pai!

– Não, meu pobre pai, não! – gritou Pinóquio, em tom desesperado. Mas, ao gritar desse modo, as moedas tilintaram em sua boca.

– Ah, seu velhaco. Escondeu o dinheiro embaixo da língua? Pode cuspir agora!

E Pinóquio permaneceu imóvel.

– Ah, se fingindo de surdo? Espere que já damos um jeito de fazer você cuspir!

De fato, um deles agarrou o boneco pela ponta do nariz e o outro pelo queixo, e começaram a puxar sem dó, um para cá e o outro para lá, tentando obrigá-lo a escancarar a boca. Mas não teve jeito. A boca do boneco parecia pregada com martelo e prego.

Então, o bandido mais baixo tirou fora um canivete e tentou enfiá-lo entre os lábios do boneco como se fosse uma alavanca ou um formão. Mas Pinóquio, rápido como um raio, deu uma dentada na mão dele, e, depois de arrancá-la com uma mordida, cuspiu-a. Qual não foi a sua surpresa quando, em vez de uma mão, viu que cuspira no chão uma patinha de gato.

Encorajado por essa primeira vitória, liberou-se à força das garras dos bandidos, e, pulando a cerca na beira da estrada, começou a fugir pelo campo. E os bandidos correndo atrás dele como dois cães atrás de uma lebre. O que havia perdido uma pata corria com uma perna só, nem sei como conseguia.

Depois de uma corrida de quinze quilômetros, Pinóquio não aguentava mais. Então, vendo que estava perdido, subiu no tronco de um pinheiro altíssimo e se sentou no topo da árvore. Os bandidos tentaram subir também, mas escorregaram na metade do tronco e, caindo de novo no chão, esfolaram as mãos e os pés.

Nem por isso se deram por vencidos; ao contrário, juntaram um feixe de lenha seca aos pés do pinheiro e atearam fogo. Num piscar de olhos, o pinheiro começou a queimar e a arder como uma vela agitada pelo vento. Pinóquio, vendo as chamas subirem cada vez mais e não querendo terminar como uma pomba assada, deu um belo salto lá de cima da árvore e começou a correr de novo pelos campos e vinhedos. E os bandidos sempre atrás dele sem nunca se cansarem.

O dia já estava raiando, e eles continuavam correndo atrás dele, até que Pinóquio se viu diante de um obstáculo: um fosso largo e muito fundo, cheio de água suja, da cor de café com leite. O que fazer? "Um, dois e três!", gritou o boneco e, pegando impulso para se lançar, pulou do outro lado. E os bandidos também pularam, mas, como não calcularam bem a distância, *tchibum*!... caíram lá embaixo, bem no meio do fosso. Pinóquio, que ouviu o barulho e a água esguichando, riu bem alto e continuou a correr:

– Bom banho, senhores bandidos.

E já os imaginava bem afogadinhos; mas, virando-se para olhar, viu que os dois continuavam correndo atrás dele, sempre enfiados em seus sacos, vertendo água como dois cestos sem fundo.

XV.

Os bandidos perseguem Pinóquio e, depois de alcançá-lo, o enforcam em um galho do grande Carvalho.

O boneco, então, perdendo o ânimo, estava a ponto de se jogar no chão e se dar por vencido, quando, olhando ao redor, avistou, lá longe, em meio ao verde escuro das árvores, o clarão de uma casinha branca como a neve.

– Se eu tiver fôlego para chegar até aquela casa, talvez esteja salvo – disse consigo.

E, sem titubear um minuto, voltou a correr sem parar em direção ao bosque. E os bandidos sempre atrás dele.

Depois de uma corrida desesperada de quase duas horas, completamente exausto, chegou à porta da casinha e bateu.

Ninguém respondeu.

Voltou a bater com mais força, pois ouvia se aproximarem o barulho dos passos e a respiração forte e ofegante dos seus perseguidores. Silêncio de novo.

Percebendo que bater não adiantava nada, começou, por desespero, a chutar e dar cabeçadas na porta. Então, apareceu na janela uma linda menina de cabelos turquesa e o rosto branco como um boneco de cera, com os olhos fechados e os braços cruzados sobre o peito, que, sem mover os lábios, disse com uma vozinha que parecia vir de outro mundo:

– Nesta casa não há ninguém. Estão todos mortos.

– Então abra você! – gritou Pinóquio, chorando e implorando.

– Eu também estou morta.

– Morta? E então o que está fazendo aí na janela?

– Estou esperando o caixão que vai me levar embora.

Assim que disse isso, a menina desapareceu, e a janela se fechou de novo sem fazer barulho.

– Oh, linda menina de cabelos turquesa – gritava Pinóquio –, abra a porta, por favor! Tenha pena de um pobre menino perseguido pelos bandi...

Mas nem conseguiu terminar a palavra, pois sentiu que o agarravam pelo pescoço. E as duas vozes horríveis de sempre o ameaçavam:

– Desta vez você não escapa mais!

O boneco, vendo a morte surgir diante de seus olhos, começou a tremer tanto que faziam barulho as juntas de suas pernas de madeira e as quatro moedas que escondia embaixo da língua.

– E então? – perguntaram-lhe os bandidos. – Vai abrir a boca ou não? Ah, não responde?... Deixe estar. Desta vez, nós é que vamos abrir a sua boca!...

E, pegando dois facões compridos e afiados como lâminas de barbear, *zaff*... deram-lhe dois golpes no meio dos rins.

Mas, por sorte, o boneco era feito de uma madeira duríssima. Por isso, as facas, quebrando, partiram-se em mil lascas, e os bandidos ficaram só com os cabos nas mãos, olhando um para o outro.

– Entendi – disse então um deles. – Temos que enforcá-lo! Vamos enforcá-lo!

– Vamos enforcá-lo – repetiu o outro.

Dito e feito, amarraram as mãos dele nas costas e, passando uma corda com um nó ao redor do pescoço, penduraram o boneco no galho de uma árvore enorme, conhecida como grande Carvalho.

Depois ficaram ali, sentados no gramado, esperando o boneco espernear pela última vez. Mas se passaram três horas, e os olhos dele ainda estavam abertos, a boca, fechada, e ele esperneava mais do que nunca.

Enfim, cansados de esperar, viraram para Pinóquio e lhe disseram zombando:

– Adeus, até amanhã. Quando voltarmos aqui de manhã, nos faça a gentileza de estar mortinho da silva e com a boca escancarada.

E foram embora.

Enquanto isso, erguera-se um impetuoso vento do norte, que, soprando e mugindo com raiva, batia o pobre enforcado de um lado para o outro, fazendo-o balançar violentamente como o badalo de um sino em dia de missa. E aquele balanço lhe dava muita náusea, e o nó da corda, apertando cada vez mais a garganta, lhe impedia de respirar.

Pouco a pouco, seus olhos embaçaram. E, embora sentisse a morte se aproximar, tinha sempre a esperança de que, de um momento a outro, uma alma piedosa pudesse aparecer para ajudá-lo. Mas espera, espera, e não vê ninguém aparecer, ninguém. Então, lembrou-se de seu pobre pai... e balbuciou, quase moribundo:

– Ah, meu paizinho! Se você estivesse aqui!...

E não teve fôlego para dizer mais nada. Fechou os olhos, abriu a boca, esticou as pernas e, depois de dar uma sacudida, ficou ali paralisado.

XVI.

A linda Menina de cabelos turquesa faz o boneco ser recolhido, coloca-o na cama e chama três médicos para saber se está vivo ou morto.

Enquanto o pobre Pinóquio, enforcado pelos bandidos num galho do grande Carvalho, parecia mais morto do que vivo, a linda Menina de cabelos turquesa apareceu na janela e, tendo dó ao ver aquele infeliz, que, pendurado pelo pescoço, dançava o *trescone* com a ventania do norte, uniu as mãos e bateu três palmas.

Com aquele sinal, ouviu-se um forte rumor de asas que voavam com fúria impetuosa, e um grande falcão veio pousar no batente da janela.

– O que deseja, minha graciosa Fada? – disse o Falcão, abaixando o bico em ato de reverência (pois é preciso saber que a Menina de cabelos turquesa, no fim das contas, era uma Fada muito boa, que habitava há mais de mil anos nas redondezas daquele bosque).

– Vê aquele boneco pendurado, preso no galho do grande Carvalho?

– Vejo.

– Pois bem, voe logo para lá. Com a força do seu bico, rompa o nó que o mantém suspenso no ar e pouse-o delicadamente no gramado aos pés daquele Carvalho.

O Falcão voou e, depois de dois minutos, voltou dizendo:

– Fiz o que me mandou.

– E como ele estava? Vivo ou morto?

– À primeira vista parecia morto, mas ainda não deve estar completamente morto, porque assim que soltei o nó que lhe apertava a garganta, ele deu um grande suspiro, balbuciando a meia-voz: "Agora me sinto melhor!".

Então a Fada bateu palmas duas vezes e apareceu um magnífico Poodle, que caminhava em pé sobre as patas de trás, como se fosse um homem.

O Poodle estava vestido como um cocheiro em traje de gala. Tinha na cabeça um chapeuzinho de padre com três pontas de ouro, uma peruca branca com cachos que lhe escorriam pelo pescoço, um paletó chocolate com botões de brilhante e dois grandes bolsos para guardar os ossos que sua dona lhe dava no almoço, um par de calças curtas de veludo, meias de seda, sapatinhos cavados e, nas costas, uma espécie de capa de guarda-chuva, toda de cetim turquesa, para esconder o rabo quando começava a chover.

– Vamos, Medoro! – disse a Fada ao Poodle. – Prepare a mais linda carruagem da minha estrebaria e pegue a estrada do bosque. Ao chegar sob o grande Carvalho, vai encontrar, deitado na grama, um pobre boneco meio morto. Carregue-o com delicadeza, apoie-o bem direitinho nas almofadas da carruagem e o traga até aqui. Entendeu?

O Poodle, para demonstrar que havia entendido, balançou três ou quatro vezes a capa de cetim turquesa que tinha atrás e partiu como um cavalo de corrida.

Dali a pouco, avistou-se, saindo da estrebaria, uma bela carruagem da cor do ar, coberta por penas de canarinho e forrada por dentro com chantili e creme com biscoitos champanhe. A carruagem era puxada por cem pares de ratinhos brancos, e o Poodle, sentado na boleia, batia o chicote à direita e à esquerda, como um cocheiro que teme estar atrasado.

Ainda não havia passado quinze minutos quando a carruagem voltou. A fada, que estava esperando na porta de casa, pegou no colo o pobre boneco e, levando-o para um quartinho com paredes de madrepérola, mandou logo chamar os médicos mais famosos das vizinhanças.

E os médicos chegaram depressa, um depois do outro. Vieram um Corvo, uma Coruja e um Grilo Falante.

– Gostaria de saber – disse a Fada, dirigindo-se aos três médicos reunidos em torno da cama de Pinóquio –, gostaria de saber dos senhores se este boneco desventurado está morto ou vivo!...

Ao ouvir o pedido, o Corvo, pondo-se adiante, apalpou o pulso de Pinóquio. Em seguida, apalpou o nariz e, então, o dedo mindinho dos pés. Depois de apalpar bem apalpado, pronunciou solenemente estas palavras:

– Acredito que o boneco esteja bem morto. Mas, se por azar não estiver morto, então certamente é indício de que continua vivo!

– Sinto muito – disse a Coruja – por ter que contradizer o Corvo, meu ilustre amigo e colega. Para mim, ao contrário, o boneco continua vivo. Mas, se por azar não estiver vivo, então certamente é sinal de que está realmente morto!

– E o senhor não diz nada? – perguntou a Fada ao Grilo Falante.

– Digo que a melhor coisa que um médico prudente tem a fazer, quando não sabe o que dizer, é ficar quieto. No mais, esse boneco aí não me é estranho, eu o conheço faz tempo!...

Pinóquio, que até então tinha permanecido imóvel como um pedaço de madeira de verdade, teve uma espécie de tremedeira que fez balançar a cama toda.

– Esse boneco aí – continuou o Grilo Falante – é um malandro de carteirinha...

Pinóquio abriu os olhos e os fechou rapidinho.

– É um moleque, um preguiçoso, um vagabundo.

Pinóquio escondeu o rosto debaixo do lençol.

– Esse boneco aí é um filho desobediente, que fará seu pobre pai morrer do coração!...

A essa altura, ouviu-se no quarto o som sufocado de um choro e de soluços. Imaginem como ficaram todos assim que ergueram um pouco o lençol e perceberam que quem estava chorando e soluçando era Pinóquio.

– Quando o morto chora, é sinal de que está melhorando – disse solenemente o Corvo.

– Sinto muito contradizer meu ilustre amigo e colega – acrescentou a Coruja, – mas, para mim, quando o morto chora, é sinal de que não quer morrer.

XVII.

Pinóquio come o açúcar, mas não quer o purgante; porém, quando vê os coveiros chegarem para levá-lo embora, aceita. Depois conta uma mentira e, como castigo, seu nariz cresce.

Assim que os três médicos saíram do quarto, a Fada se aproximou de Pinóquio e, ao tocar sua testa, percebeu que ele estava com um febrão daqueles...

Então dissolveu um pozinho branco em meio copo de água, e, oferecendo-o ao boneco, disse amorosamente:

– Tome e, em poucos dias, estará curado.

Pinóquio olhou o copo, torceu a boca e perguntou com voz chorosa:

– É doce ou amargo?

– É amargo, mas vai lhe fazer bem.

– Se é amargo, eu não quero.

– Tome, ouça o que digo.

– Não gosto de coisa amarga.

– Tome e, depois que tomar, lhe dou um cubinho de açúcar para adoçar a boca.

– Onde está o cubinho de açúcar?

– Está aqui – disse a Fada, pegando-o num açucareiro de ouro.

– Quero antes o cubinho de açúcar, e depois tomo essa água amarga.

– Promete?

– Sim...

A Fada lhe deu o cubinho, e Pinóquio, depois de devorá-lo e engoli-lo num segundo, disse, lambendo os lábios:

– Que bom se o açúcar também fosse remédio!... Tomaria todos os dias.

– Agora mantenha a sua promessa e tome estas poucas gotas d'água, que trarão sua saúde de volta.

Pinóquio segurou o copo com má vontade e enfiou nele a ponta do nariz. Depois, encostou-o à boca. Depois, voltou a enfiar a ponta do nariz no copo, e, disse, enfim:

– É amargo demais! Amargo demais! Não consigo tomar isto.

– Como pode saber se nem experimentou?

– Eu imagino! Senti o cheiro. Antes quero mais um cubinho de açúcar... e depois tomo tudo!...

Então a Fada, com toda a paciência de uma boa mãe, lhe deu na boca outro cubinho de açúcar e de novo o copo.

– Assim não consigo tomar! – disse o boneco, fazendo mil caretas.

– Por quê?

– Porque o travesseiro nos meus pés está incomodando.

A Fada tirou o travesseiro.

– Não adianta! Nem assim consigo tomar...

– O que mais o incomoda?

– A porta do quarto entreaberta.

A Fada foi lá e fechou a porta do quarto.

– Ufa! – gritou Pinóquio, explodindo em choro. – Esta água ruim e amarga, eu não quero tomar. Não, não e não!...

– Ah, menino, você vai se arrepender...

– Não importa...

– Sua doença é grave...

– Não importa...

– A febre, em poucas horas, vai levar você para o outro mundo...

– Não importa...

– Você não tem medo de morrer?

– Medo!... Prefiro morrer a tomar esse remédio ruim.

A esta altura, a porta do quarto se abriu e nele entraram quatro coelhos pretos como tinta, carregando nos ombros um pequeno caixão de morto.

– O que vocês querem comigo? – gritou Pinóquio, levantando-se e sentando amedrontado na cama.

– Viemos lhe buscar – respondeu o coelho maior.

– Me buscar?... Mas eu ainda não estou morto!...

– Ainda não. Mas restam poucos minutos de vida, já que você se recusou a tomar o remédio que curaria a sua febre!...

– Ah, Fada, minha querida Fada – começou então a gritar o boneco –, me dê logo aquele copo. Depressa, por favor, não quero morrer não... Não quero morrer...

E, segurando o copo com as duas mãos, esvaziou-o de uma vez.

– Paciência! – disseram os coelhos. – Desta vez fizemos a viagem à toa. E, carregando de novo o caixão sobre os ombros, saíram do quarto resmungando e reclamando baixinho.

Fato é que, dali a poucos minutos, Pinóquio pulou da cama completamente curado. Pois é preciso saber que os bonecos de madeira têm o privilégio de adoecerem raramente e de se curarem rapidíssimo.

E a Fada, vendo-o correr e brincar pelo quarto, esperto e alegre como um galinho ao primeiro canto, lhe disse:

– Então meu remédio lhe fez bem de verdade?

– Mais do que bem! Me fez viver de novo!...

– E então por que tive que insistir tanto para que você o tomasse?

– É que nós crianças somos todas assim! Temos mais medo do remédio que da doença.

– Que vergonha! As crianças deveriam saber que um bom remédio tomado em tempo pode salvá-las de uma doença grave e até da morte...

– Ah! Mas da próxima vez você não terá que insistir tanto! Vou me lembrar dos coelhos pretos com o caixão nos ombros... E, então, vou segurar o copo na mão, engolir e pronto!...

– Agora venha cá um pouco e me conte o que aconteceu para você acabar nas mãos dos bandidos.

– Aconteceu que o Cospe-fogo me deu algumas moedas de ouro e disse: "Tome. Leve essas moedas para o seu pai", mas eu encontrei no caminho uma Raposa e um Gato, duas pessoas muito bondosas, que me disseram: "Quer que estas moedas virem mil, duas mil? Venha conosco, e levaremos você ao Campo dos Milagres"; e eu disse: "Vamos"; e eles disseram: "Vamos parar aqui na taberna do Camarão Vermelho e à meia-noite retomamos a viagem". E, quando acordei, eles não estavam mais, porque tinham ido embora. Então comecei a caminhar de noite, estava tão escuro que parecia impossível, por isso encontrei no caminho dois bandidos dentro de dois sacos de carvão, que me disseram: "Passe as moedas para cá"; e eu disse: "Não tenho", porque as quatro moedas de ouro eu tinha escondido na boca, e um dos bandidos tentou pôr as mãos na minha boca e, com uma mordida, arranquei a mão dele e cuspi, mas em vez de uma mão era uma pata de gato. E os bandidos corriam atrás de mim, e eu corria feito louco, até que me alcançaram e me amarraram pelo pescoço a uma árvore daquele bosque, dizendo: "Amanhã voltaremos aqui, e então, você estará morto e com a boca aberta, e assim pegaremos as moedas de ouro que você escondeu debaixo da língua".

– E agora, onde você pôs as quatro moedas? – perguntou a Fada.

– Perdi! – respondeu Pinóquio; mas era mentira, pois as moedas estavam no bolso.

Assim que disse a mentira, seu nariz, que já era comprido, cresceu na hora dois dedos a mais.

– E onde as perdeu?

– No bosque aqui perto.

Na segunda mentira, o nariz cresceu mais um pouco.

– Se perdeu as moedas no bosque aqui perto – disse a Fada –, vamos procurá-las e encontrá-las, pois tudo o que se perde aqui no bosque sempre se encontra.

– Ah! Agora me lembro bem – respondeu o boneco se enrolando todo. – Não perdi as quatro moedas. Eu as engoli sem perceber quando tomei o remédio que você me deu.

Na terceira mentira, o nariz dele cresceu de um jeito incrível, tanto que Pinóquio não podia mais virar de lado. Ao virar para cá, batia o nariz na cama ou no vidro da janela; ao virar para lá, batia nas paredes ou na porta do quarto; levantando um pouco mais a cabeça, corria o risco de enfiar o nariz no olho da Fada.

A Fada o olhava e ria.

– Por que você está rindo? – perguntou o boneco, todo confuso e preocupado com aquele seu nariz que crescia a olho nu.

– Estou rindo da mentira que você contou.

– Como sabe que eu disse uma mentira?

– As mentiras, meu menino, logo se reconhecem, pois existem de dois tipos: as mentiras que têm pernas curtas e as que têm nariz comprido. A sua, justamente, é daquelas que têm o nariz comprido.

Pinóquio, não sabendo mais onde se esconder de vergonha, tentou fugir do quarto, mas não conseguiu. Seu nariz tinha crescido tanto que não passava mais pela porta.

XVIII.

Pinóquio reencontra a Raposa e o Gato e vai com eles semear as quatro moedas no Campo dos Milagres.

Como podem imaginar, a Fada deixou que o boneco chorasse e gritasse uma boa meia-hora porque seu nariz não passava mais pela porta do quarto. Fez isso para lhe dar uma dura lição e para que corrigisse o péssimo hábito de dizer mentiras, o hábito mais feio que uma criança pode ter. Mas, ao vê-lo transtornado e com os olhos esbugalhados de desespero, sentiu pena e bateu palmas; com aquele sinal, entraram no quarto um milhão de pássaros grandes conhecidos como Pica-paus, que, pousando no nariz de Pinóquio, começaram a bicá-lo tanto, mas tanto, que em poucos minutos aquele narigão enorme e desproporcional voltou a ter o tamanho normal.

– Como você é bondosa, minha Fada – disse o boneco, enxugando os olhos –, e como eu lhe quero bem!

– Também lhe quero bem – respondeu a Fada –, e, se quiser ficar comigo, você será meu irmãzinho, e eu, sua boa irmãzinha...

– Eu ficaria com muito prazer... Mas e meu pobre pai?

– Pensei em tudo. Seu pai já foi avisado. Antes de anoitecer, ele estará aqui.

– De verdade? – gritou Pinóquio, pulando de alegria. – Então, minha Fadinha, se concorda, gostaria de ir encontrá-lo! Não vejo a hora de dar um beijo naquele pobre velho, que sofreu tanto por mim!

– Pois vá, mas cuidado para não se perder. Pegue a estrada do bosque, e tenho certeza de que vai encontrá-lo.

Lá se foi Pinóquio e, assim que entrou no bosque, começou a correr como um cabrito. Mas quando chegou a certo ponto, quase em frente ao grande Carvalho, parou, pois lhe pareceu ouvir alguém em meio aos arbustos. De fato, viu surgir, no caminho, adivinhem quem?... A Raposa e o Gato, os dois companheiros de viagem com os quais ele havia jantado na taberna do Camarão Vermelho.

– Aqui está o nosso caro Pinóquio! – gritou a Raposa, abraçando-o e beijando-o. – Como veio parar aqui?

– Como veio parar aqui? – repetiu o Gato.

– É uma longa história – disse o boneco. – Eu lhes contarei com calma. Saibam, porém, que na outra noite, quando me deixaram sozinho na taberna, encontrei uns bandidos pela estrada...

– Bandidos?... Pobre amigo! E o que eles queriam?

– Queriam roubar minhas moedas de ouro.

– Canalhas!... – disse a Raposa.

– Canalhíssimas! – repetiu o Gato.

– Mas comecei a escapar – continuou dizendo o boneco – e eles sempre atrás de mim. Até que me alcançaram e me enforcaram no galho dessa árvore.

E Pinóquio indicou o grande Carvalho, que estava ali a dois passos.

– Que coisa mais terrível! – disse a Raposa. – Em que mundo somos condenados a viver! Onde vamos nos refugiar nós que somos cavalheiros?...

Enquanto conversavam, Pinóquio percebeu que o Gato estava mancando com a perna direita da frente, pois lhe faltava a patinha inteira com as unhas. Então lhe perguntou:

– O que aconteceu com a sua patinha?

O Gato queria responder algo, mas se atrapalhou. Então a Raposa logo disse:

– Meu amigo é muito modesto, por isso não responde. Respondo eu por ele. Saiba que uma hora atrás encontramos na estrada um velho lobo, quase morto de fome, que nos pediu esmola. Como não tínhamos nem mesmo uma espinha de peixe para lhe dar, o que fez o meu amigo, que tem um coração maior que o mundo?... Cortou com os dentes uma de suas patinhas e a jogou para que o pobre animal pudesse saciar a fome – e, dizendo isso, a Raposa enxugou uma lágrima.

Pinóquio, também comovido, aproximou-se do Gato e sussurrou em seu ouvido:

– Se todos os gatos fossem como você, sorte dos ratos!...

– E então, o que você faz por estas bandas? – perguntou a Raposa ao boneco.

– Estou esperando meu pai, que deve chegar a qualquer instante.

– E suas moedas de ouro?

– Estão sempre no bolso, menos uma que gastei na taberna do Camarão Vermelho.

– E pensar que, em vez de quatro moedas, você poderia ter amanhã mil, duas mil! Por que não ouve o meu conselho? Por que não vai semeá-las no Campo dos milagres?

– Hoje é impossível, irei outro dia.

– Outro dia será tarde – disse a Raposa.

– Por quê?

– Porque aquele campo foi comprado por um grande fazendeiro e a partir de amanhã ninguém mais poderá semear moedas ali.

– A que distância daqui é o Campo dos milagres?

– Apenas dois quilômetros. Quer vir conosco? Em meia hora você está lá, semeia as quatro moedas rapidinho e, em poucos minutos, colhe duas mil. E, à noite, volta aqui com os bolsos cheios. Quer vir conosco?

Pinóquio hesitou um pouco para responder, pois se lembrou da boa Fada, do velho Geppetto e dos conselhos do Grilo Falante. Mas, depois, acabou fazendo como fazem todos os meninos sem um pingo de juízo e sem coração: deu uma balançada na cabeça e disse à Raposa e ao Gato:

– Vamos embora. Vou com vocês.

E lá se foram.

Depois de terem caminhado um meio dia, chegaram a uma cidade chamada "Pega-trouxa". Assim que entraram na cidade, Pinóquio viu as ruas todas povoadas de cães pelados, bocejando de fome; ovelhas tosadas, tremendo de frio; galinhas sem crista e sem barbela, pedindo de esmola um grão de milho. Viu grandes borboletas, que não podiam mais voar, pois tinham vendido suas lindíssimas asas coloridas; pavões sem cauda, que se escondiam de vergonha, e faisões, que ciscavam quietinhos, lamentando as cintilantes penas douradas e prateadas perdidas para sempre.

No meio dessa multidão de pedintes e de pobres envergonhados, passavam, de vez em quando, carroças chiques carregando raposas, agácias ladras ou aves de rapina.

– E o Campo dos milagres, onde é? – perguntou Pinóquio.

– É a dois passos daqui.

Dito e feito, atravessaram a cidade, e, depois de passarem pelos muros, pararam em um campo solitário, que se parecia com um campo qualquer.

– Chegamos – disse a Raposa ao boneco. – Agora se agache, cave com as mãos um pequeno buraco no campo e coloque nele as moedas de ouro.

Pinóquio obedeceu. Cavou o buraco, colocou nele as quatro moedas de ouro que tinham sobrado; e depois cobriu o buraco com um pouco de terra.

– Agora – disse a raposa –, vá até o riacho aqui perto, pegue um balde de água e regue o terreno onde semeou.

Pinóquio foi ao riacho e, como não tinha balde, tirou um sapato do pé, encheu-o de água e regou a terra que cobria o buraco.

– Preciso fazer mais algo?

– Mais nada – respondeu a Raposa. – Agora podemos ir embora. Volte aqui daqui a uns vinte minutos e vai encontrar a arvorezinha brotando no chão, com os galhos carregados de moedas.

O pobre boneco, fora de si de tão contente, agradeceu mil vezes a Raposa e o Gato e lhes prometeu um lindíssimo presente.

– Não queremos presentes – responderam os dois pilantras. – Basta ter-lhe ensinado um jeito de enriquecer sem fazer esforço e estamos contentes como andorinhas no céu de primavera.

Dito isso, despediram-se de Pinóquio e, lhe desejando uma boa colheita, foram embora.

XIX.

Pinóquio tem suas moedas de ouro roubadas e, como castigo, ganha quatro meses de prisão.

Ao voltar à cidade, o boneco começou a contar os minutos, um por um; e, quando lhe pareceu que era a hora, pegou logo a estrada que levava ao Campo dos milagres.

Enquanto caminhava a passo ligeiro, seu coração batia forte, fazendo *tic-tac, tic-tac*, como um relógio de pêndulo quando corre de verdade. Ele ia pensando consigo mesmo:

– E se, em vez de mil moedas, eu encontrasse nos galhos das árvores duas mil?... E se, em vez de duas mil, encontrasse cinquenta mil?... E se, em vez de cinquenta mil, encontrasse cem mil moedas? Aí, sim, ficaria rico!... Gostaria de ter um belo palácio, mil cavalinhos de madeira e mil estribarias para poder me divertir; um porão de licores docinhos e uma estante recheada de frutas cristalizadas, tortas, panetones, torrones e casquinhas de sorvete com chantili.

Fantasiando assim, chegou perto do campo e ali parou para olhar se, por acaso, via alguma árvore com os galhos cheios de moedas; mas não viu nada. Deu mais cem passos adiante, e nada. Entrou no campo, foi lá no lugar onde tinha feito o buraco e enterrado o seu dinheirinho, e nada. Então ficou pensativo e, esquecendo as regras dos bons costumes, tirou uma mão do bolso e deu uma longa coçada na cabeça.

Naquele instante, sentiu soar em seu ouvido uma grande risada; e, olhando para cima, viu na árvore um Papagaio enorme, que limpava as poucas penas que tinha no corpo.

– Por que você está rindo?

– Estou rindo porque, ao me limpar, fiz cócegas debaixo das asas.

O boneco não respondeu. Foi até o riacho e, enchendo o sapato de água como antes, pôs-se de novo a regar a terra que cobria as moedas de ouro.

Quando eis que se ouve uma nova risada, mais impertinente que a primeira, na quietude silenciosa do campo.

– Afinal, Papagaio mal-educado, posso saber do que você está rindo? – gritou Pinóquio, começando a ficar nervoso.

– Estou rindo daquelas corujas, que acreditam em tudo o que é bobagem e se deixam enganar por quem é mais esperto que elas.

– Por acaso está falando de mim?

– Sim, estou falando de você, pobre Pinóquio, de você que é tão ingênuo que acredita ser possível semear e colher dinheiro nos campos, como semeamos feijão e abóbora. Eu também acreditei uma vez, e hoje estou pagando por isso. Hoje tive que me convencer de que, para juntar honestamente um pouco de dinheiro, é preciso saber ganhá-lo com o trabalho das próprias mãos ou com o engenho da própria cabeça. Mas agora é tarde!

– Não entendo – disse o boneco, começando a tremer de medo.

– Paciência! Serei mais claro – acrescentou o Papagaio. – Saiba que, enquanto você estava na cidade, a Raposa e o Gato voltaram aqui ao campo, pegaram as moedas de ouro enterradas e fugiram como o vento. E agora para alcançá-los não será fácil!

Pinóquio ficou boquiaberto e, não querendo acreditar nas palavras do Papagaio, começou a cavar com mãos e unhas o terreno que tinha regado. Cavou sem parar e fez um buraco tão fundo, que nele caberia um paiol em pé. Mas as moedas não estavam mais ali.

Então, desesperado, voltou correndo para a cidade e andou diretamente ao tribunal para denunciar ao juiz os dois bandidos que o haviam roubado.

O juiz era um macaco grandão da raça dos Gorilas: um velho macaco respeitável por sua idade, pela barba branca e, especialmente, pelos óculos de ouro sem lentes, que usava sempre por causa de uma congestão nos olhos que o atormentava há muitos anos.

Na presença do juiz, Pinóquio narrou tim-tim por tim-tim a fraude iníqua da qual fora vítima. Deu nome, sobrenome e características dos bandidos, e, enfim, pediu justiça.

O juiz o escutou com muita benevolência, participando atentamente da narração; sensibilizou-se, comoveu-se e, quando o boneco não tinha mais nada a dizer, estendeu a mão e tocou o sino. Ao som do sino apareceram imediatamente dois cães treinados, vestidos de guardas.

O juiz, então, indicando Pinóquio aos guardas, disse:

– Esse pobre diabo teve suas quatro moedas roubadas. Peguem-no e o coloquem imediatamente na prisão.

O boneco, ouvindo o juiz pronunciar aquela sentença sem pé nem cabeça, ficou atônito e queria protestar, mas os guardas, para evitar uma perda de tempo inútil, taparam-lhe a boca e o levaram para o xadrez.

E ali teve que ficar por quatro meses, quatro longuíssimos meses. E teria ficado mais, não fosse por um golpe de muita sorte. Pois é preciso saber que o jovem Imperador, que reinava na cidade de Pega-trouxa, tendo obtido uma grande vitória contra os seus inimigos, ordenou que fossem feitas grandes festas públicas, luzes, fogos de artifício, corridas de cavalos e velocípedes, e, em sinal de júbilo, quis abrir as cadeias e soltar todos os bandidos.

– Se os outros vão sair da prisão, também quero sair – disse Pinóquio ao carcereiro.

– Você não – respondeu o carcereiro. – Porque você não é como a maioria...

– Mas por que não? – replicou Pinóquio. – Eu também sou um bandido.

– Nesse caso, tem razão – disse o carcereiro. E, erguendo o chapéu respeitosamente e cumprimentando-o, abriu as portas da prisão e o deixou escapar.

XX.

Liberado da prisão, Pinóquio parte em direção à casa da Fada; mas, ao longo da estrada, encontra uma serpente horrível e depois fica preso em uma armadilha.

Imaginem a alegria de Pinóquio quando se viu livre. Sem titubear, logo saiu da cidade e pegou a estrada que o levaria de volta à casinha da Fada.

Por causa da chuva, o caminho estava pantanoso e a água batia no meio das pernas. Mas o boneco não se dava por vencido. Atormentado pelo desejo de rever seu pai e sua irmãzinha de cabelos turquesa, corria saltitando como um cão de caça e, ao correr, a lama espirrava até por cima de seu gorro. Enquanto isso, ia falando consigo mesmo:

– Quantas desgraças me aconteceram... E mereci, pois sou um boneco cabeça-dura e teimoso... e quero sempre fazer tudo do meu jeito, sem dar ouvido aos que me querem bem e que têm mil vezes mais juízo do que eu!... Mas, daqui em diante, me proponho a mudar de vida e a me tornar um menino comportado e obediente... Tanto já vi que os meninos desobedientes se dão sempre mal e não acertam uma. E o meu paizinho, será que ficou me esperando?... Será que vou encontrá-lo na casa da Fada? Já faz tanto tempo que não o encontro, pobrezinho, não vejo a hora de lhe dar muito carinho e enchê-lo de beijos! E a Fada, vai me perdoar pelo que fiz?... E pensar que ela me deu tanta atenção e cuidou de mim com tanto carinho... que, se hoje estou vivo, devo isso a ela! Mas pode haver um menino mais ingrato e sem coração que eu?...

Enquanto dizia isso, parou de repente assustado e deu quatro passos para trás.

O que havia visto?...

Havia visto uma serpente gigante, estendida de través na estrada, com a pele verde, os olhos de fogo e uma cauda pontuda, que soltava fumaça como uma chaminé.

Impossível imaginar o medo do boneco, que, se afastando mais de meio quilômetro, pôs-se a sentar em um montinho de pedras, esperando que a serpente fosse embora e deixasse livre a passagem na estrada.

Esperou uma hora, duas horas, três horas, mas a serpente continuava ali; e até de longe dava para ver o vermelhão de seus olhos de fogo e a coluna de fumaça que saía da ponta de sua cauda.

Pinóquio, então, fingindo ter coragem, aproximou-se a poucos passos de distância e, com uma vozinha doce, insinuante e suave, disse à serpente:

– Me desculpe, dona serpente, a senhora poderia chegar um pouquinho para o lado para eu poder passar?

Foi o mesmo que falar com a parede. Ninguém se mexeu. Então, com a mesma vozinha, disse:

– Sabe, dona serpente, estou indo para casa, onde meu pai me espera, e faz tanto tempo que não o vejo!... Poderia me deixar seguir o meu caminho?

Esperou um sinal de resposta para aquela pergunta, mas a resposta não veio. Ao contrário, a serpente, que até então parecia esperta e cheia de vida, tornou-se imóvel e quase dura. Seus olhos se fecharam e a cauda parou de soltar fumaça.

– Será que ela morreu de verdade?... – disse Pinóquio, esfregando as mãos de alegria. E, sem perder tempo, preparou-se para passar por cima dela e chegar do outro lado da estrada. Mas mal tinha começado a erguer a perna e a serpente se levantou de repente, como uma mola acionada; e o boneco, afastando-se assustado, tropeçou e caiu no chão.

E caiu tão mal que ficou com a cabeça enfiada na lama da estrada e com as pernas para cima.

Vendo aquele boneco que esperneava numa velocidade incrível com a cabeça enfiada na lama, a serpente começou a rir compulsivamente; riu, mas riu tanto, que uma veia de seu peito estourou de tanto esforço; daí, sim, morreu de verdade.

Então Pinóquio tornou a correr para chegar à casa da Fada antes que escurecesse. Porém, ao longo da estrada, não aguentando mais as pontadas de fome, entrou num vinhedo com a intenção de colher alguns cachos de uva moscatel. Antes não tivesse ido!

Assim que chegou sob a vinha, clac... sentiu suas pernas serem presas por dois ferros cortantes, que o fizeram ver estrelinhas no céu.

O pobre boneco havia ficado preso numa armadilha que algum camponês pusera para pegar uma fuinha enorme que vinha atacando os galinheiros da vizinhança.

XXI.

Pinóquio é preso por um camponês, que o obriga a bancar o cão de guarda do galinheiro.

Como podem imaginar, Pinóquio começou a chorar, a gritar, a implorar; mas eram gritos e choros inúteis, pois ali perto não havia casa alguma e, na estrada mais próxima, não passava uma alma viva.

Enquanto isso, anoiteceu.

Um pouco por causa da dor da armadilha que lhe cortava as canelas, mas também por conta do medo de ficar ali sozinho na escuridão do campo, o boneco estava prestes a desmaiar, quando, de repente, vendo passar um Vaga-lume sobre a sua cabeça, chamou-o e disse:

– Vaga-lume querido, poderia fazer o favor de me soltar deste suplício?...

– Pobre menino! – respondeu o Vaga-lume, parando e olhando-o com pena. – Como foi que você prendeu as pernas nesses ferros afiados?

– Entrei no vinhedo para colher dois cachos de uva moscatel e...

– Mas a uva era sua?

– Não...

– E então quem lhe ensinou a pegar as coisas dos outros?...

– Eu estava com fome...

– A fome, meu menino, não é uma boa razão para pegar o que não é nosso...

– É verdade, é verdade! – gritou Pinóquio chorando. – Mas nunca mais vou fazer isso.

A essa altura, o diálogo foi interrompido por um pequeno ruído de passos que se aproximavam. Era o dono do vinhedo, que vinha na ponta dos pés ver se uma daquelas fuinhas, que comiam as galinhas durante a noite, tinha ficado presa na armadilha.

E qual não foi a sua surpresa quando, ao tirar a lanterna do casaco, percebeu que em vez de fuinha estava preso um menino.

– Ah, ladrãozinho! – disse o camponês enraivecido. – Quer dizer que é você que me leva embora as galinhas?

– Eu não! Eu não! – gritou Pinóquio, soluçando. – Só entrei no campo para pegar dois cachos de uva!...

– Quem rouba uva é bem capaz de roubar galinhas. Deixe estar, vou lhe dar uma lição que nunca mais vai esquecer.

E, abrindo a armadilha, segurou o boneco pela nuca e o carregou até em casa como quem carrega um carneirinho.

Chegando ao pátio na frente da casa, jogou-o no chão e, com um pé em seu pescoço, disse:

– Agora é tarde e quero ir para a cama. Faremos as contas amanhã. Por enquanto, como hoje meu cão de guarda morreu, você vai ficar no lugar dele. Você será o meu cão de guarda.

Dito isso, enfiou-lhe no pescoço uma coleira cheia de tachinhas e a apertou bem para a cabeça não passar. A coleira estava presa a uma corrente de ferro; e a corrente, presa ao muro.

– Se esta noite começar a chover – disse o camponês –, você pode dormir naquela casinha de madeira, onde há sempre palha que serviu de cama por quatro anos para o meu pobre cão. Se, por azar, os ladrões vierem, lembre-se de estar com as orelhas em pé e latir.

Então, o camponês entrou em casa e passou a tranca na porta, e o pobre Pinóquio ficou agachado ali no pátio, mais morto que vivo por causa do frio, da fome e do medo. E, às vezes, pondo com raiva as mãos na coleira que lhe apertava o pescoço, dizia, chorando:

– Bem-feito!... Infelizmente mereci! Quis bancar o preguiçoso, o mandrião... quis dar ouvido às más companhias, e por isso a má sorte me persegue sempre. Se eu tivesse sido um bom menino, como tantos outros, se tivesse tido vontade de estudar e de trabalhar, se tivesse ficado em casa com meu pobre pai, a esta hora não estaria aqui, no meio do campo, servindo de cão de guarda para um camponês. Ai, se eu pudesse nascer de novo!... Mas agora é tarde, e tenho que ter paciência!

Depois desse pequeno desabafo, que veio do fundo do coração, entrou na casinha e dormiu.

XXII.

Pinóquio descobre os ladrões e, como recompensa por ter sido fiel, é posto em liberdade.

Já dormia deliciosamente há mais de duas horas, quando, por volta da meia-noite, Pinóquio foi acordado pelo sussurro e pelo *bzzz, bzzz* de vozinhas estranhas, que parecia ouvir no pátio. Colocando a cara para fora da casinha, viu, reunidos em conselho, quatro animais de pelo escuro, que pareciam gatos, mas não eram gatos, eram fuinhas, animais carnívoros que adoram comer ovos e galinhas jovens. Uma dessas fuinhas, afastando-se das companheiras, foi até a entrada da casinha e disse murmurando:

– Boa noite, Melampo.

– Não me chamo Melampo.

– Então quem é você?

– Sou Pinóquio.

– E o que faz aí?

– Sou o cão de guarda.

– E Melampo, onde está? Onde está o velho cão que ficava nesta casinha?

– Morreu hoje de manhã.

– Morreu? Pobre animal! Era tão bom!... Mas, a julgar pela sua fisionomia, você também parece um cão gentil.

– Desculpe, mas não sou um cão.

– E o que é?

– Sou um boneco.

– E o que faz ali de cão de guarda?

– Infelizmente é um castigo!...

– Bem, eu lhe proponho o mesmo trato que tinha com o defunto Melampo. Você vai gostar.

– E qual seria o trato?

– Vamos visitar o galinheiro uma vez por semana, como antes, e levar embora oito galinhas. Dessas galinhas, sete nós comemos e uma damos a você, desde que você finja dormir e nunca tenha a brilhante ideia de acordar o camponês, é claro.

– Melampo fazia assim? – perguntou Pinóquio.

– Fazia assim. Nós e ele sempre tivemos um acordo. Então, durma tranquilamente, e esteja certo de que, antes de sair daqui, deixaremos na casinha uma galinha bem depenada para o seu café de amanhã. Estamos entendidos?

– Até demais!... – respondeu Pinóquio. E balançou a cabeça de um jeito ameaçador, como se dissesse: "Nos vemos daqui a pouco!".

Assim que as quatro fuinhas se certificaram de seu plano, foram direto ao galinheiro, que ficava pertinho da casa do cachorro, abriram com unhas e dentes a portinha de madeira, que fechava a entrada, e entraram uma por uma. Mas nem tinham terminado de entrar e ouviram a porta bater com força.

Quem fechou a porta foi Pinóquio, que, todo contente, colocou uma pedra bem grande para escorá-la.

Então começou a latir. E, latindo como se fosse um cão de guarda, fazia com a voz: au-au-au-au.

Com aquele latido, o camponês pulou da cama e, pegando a espingarda, apareceu na janela, perguntando:

– O que foi?

– Os ladrões estão aqui! – respondeu Pinóquio.

– Onde?

– No galinheiro.

– Já desço aí.

E, de fato, num piscar de olhos o camponês desceu. Entrou depressa no galinheiro e, depois de agarrar e fechar em um saco as quatro fuinhas, lhes disse em um tom muito feliz:

– Até que enfim vocês caíram nas minhas mãos! Poderia puni-las, mas não sou tão malvado assim! Vou me contentar em levá-las amanhã à taberna do povoado vizinho, onde vão descarná-las e cozinhá-las ao molho agridoce como as lebres. É uma honra que vocês não merecem, mas homens generosos como eu não ligam para essas pequenezas!...

Então, aproximando-se de Pinóquio, começou a acariciá-lo e, entre outras coisas, lhe perguntou:

– Como fez para descobrir o complô dessas quatro ladroinhas? E pensar que Melampo, meu fiel Melampo, nunca percebeu nada...

O boneco, então, poderia ter contado tudo o que sabia. Poderia ter contado do acordo vergonhoso entre o cão e as fuinhas. Mas, lembrando que o cão estava morto, logo pensou consigo mesmo: *Para que serve acusar os mortos?... Os mortos estão mortos, e a melhor coisa a fazer é deixá-los em paz!...*

– Quando as fuinhas chegaram aqui no pátio você estava dormindo ou acordado? – continuou a perguntar o camponês.

– Estava dormindo – respondeu Pinóquio –, mas acordei com as fuinhas cochichando, e uma delas veio até a casinha me dizer: "Se prometer não latir e não acordar o dono, nós lhe daremos de presente uma galinha depenada!..." Entende como foi? Ela teve a cara de pau de me fazer uma proposta dessas! Pois saiba que sou um boneco, e posso ter todos os defeitos do mundo, mas jamais o de acobertar e puxar o saco de gente desonesta!

– Muito bem, garoto! – gritou o camponês, dando um tapinha em suas costas. – Esses sentimentos me fazem ter orgulho de você, e, para provar o quanto estou satisfeito, o deixo livre para voltar para casa.

E tirou a coleira de cachorro do pescoço dele.

XXIII.

Pinóquio chora a morte da linda Menina de cabelos turquesa; depois encontra um Pombo que o leva até a beira do mar, e lá se joga na água para ajudar seu pai Geppetto.

Assim que deixou de sentir o peso duro e humilhante daquela coleira ao redor do pescoço, Pinóquio pôs-se a fugir pelos campos e não parou um só minuto até chegar à estrada principal, que levava à casinha da Fada.

Já na estrada principal, voltou-se para olhar a planície lá embaixo e viu a olhos nus o bosque, onde infelizmente encontrara a Raposa e o Gato; viu entre as árvores erguer-se o grande Carvalho, ao qual fora pendurado pelo pescoço; mas olhou para cá e para lá e não conseguiu ver a casinha da Menina de cabelos turquesa.

Teve, então, uma espécie de pressentimento ruim e, correndo com toda a força que tinha nas pernas, chegou em poucos minutos ao gramado onde um dia existira a Casinha branca. Mas a Casinha branca não estava mais lá. Havia, em seu lugar, uma pequena pedra de mármore, na qual se liam, em letra de forma, estas dolorosas palavras:

AQUI JAZ
A MENINA DE CABELOS TURQUESA
MORTA DE DOR
POR TER SIDO ABANDONADA PELO
IRMÃOZINHO PINÓQUIO

Podem imaginar como ficou o boneco quando acabou de ler, sílaba por sílaba, aquelas palavras. Caiu de cara no chão, cobrindo de beijos o mármore do túmulo, e explodiu em choro. Chorou a noite toda e, na manhã seguinte, ao raiar do dia, ainda chorava, embora seus olhos não tivessem mais lágrimas. Seus gritos e lamentos eram tão dilacerantes e agudos que ecoavam em todas as colinas ao redor.

E, chorando, dizia:

– Ah, minha Fadinha, por que você morreu?... Por que, em vez de você, não morri eu, que sou tão malvado enquanto você era assim tão boa?... E o meu pai, onde será que ele está? Ah, minha Fadinha, me diga que não é verdade que você está morta!... Se você me quer mesmo bem... se quer bem ao seu irmãozinho, reviva... volte a viver como antes!... Você não acha ruim me ver sozinho e abandonado por todos? Se os bandidos vierem, vão me amarrar de novo ao galho da árvore e, então, vou morrer para sempre. O que posso fazer sozinho no mundo? Agora que perdi você e meu pai, quem vai me dar comida? Onde vou dormir de noite? Quem vai me fazer um casaquinho novo? Ahn! Seria cem vezes melhor se eu também morresse! Sim, quero morrer!... buá! buá! buá!...

E, enquanto se desesperava desse jeito, fez que ia arrancar os cabelos, mas, como tinha os cabelos de madeira, não pôde nem sentir o gosto de afundar os dedos neles.

Nesse meio-tempo, passou por ali um grande Pombo, que gritou lá de cima com as asas abertas:

– Ei, menino, o que está fazendo aí?

– Não está vendo? Estou chorando! – disse Pinóquio, erguendo a cabeça em direção àquela voz e esfregando os olhos com a manga da jaqueta.

– Diga-me uma coisa – acrescentou o Pombo –, por acaso você não conhece, entre os seus colegas, um boneco chamado Pinóquio?

– Pinóquio?... Você disse Pinóquio? – repetiu o boneco, pulando em pé. – Pinóquio sou eu!

Ao ouvir a resposta, o Pombo desceu rapidamente e pousou no chão. Era maior que um peru.

– Então você conhece Geppetto? – perguntou ao boneco.

– Se o conheço? É o meu pobre pai! Ele falou de mim para você? Pode me levar até ele? Mas ele continua vivo? Me responda, por favor: continua vivo?

– Deixei-o três dias atrás na praia.

– O que ele estava fazendo?

– Construindo um pequeno barco para atravessar o oceano. Faz mais de quatro meses que aquele pobre homem roda o mundo procurando você. E, como não conseguiu encontrá-lo, agora pôs na cabeça que iria lhe procurar nos países distantes do novo mundo.

– Qual a distância daqui até a praia? – perguntou Pinóquio com uma ânsia sufocante.

– Mais de mil quilômetros.

– Mil quilômetros? Ah, se eu tivesse asas como você, caro Pombo!

– Se quiser ir, levo você comigo.

– Mas como?

– A cavalo na minha garupa. Você é muito pesado?...

– Pesado? Imagine! Sou leve como uma folha.

E, sem dizer mais nada, Pinóquio pulou na garupa do Pombo, e, pondo uma perna de cá e outra de lá, como fazem os cavaleiros, gritou todo contente:

– Galopa, galopa, cavalinho, que eu preciso chegar logo!...

O Pombo tomou fôlego e, em poucos minutos, voou tão alto que quase tocava as nuvens. Quando chegaram a essa altura extraordinária, o boneco teve a curiosidade de virar para baixo e olhar, mas ficou com tanto medo, e sua cabeça começou a rodar tanto que, para evitar o perigo de cair, abraçou bem apertadinho o pescoço de seu cavalo plumoso.

Voaram o dia todo. Ao anoitecer, o Pombo disse:

– Estou com muita sede!

– E eu, com muita fome! – acrescentou Pinóquio.

– Vamos parar neste pombal por alguns minutos; depois retomamos a viagem para amanhã de manhã estarmos na praia.

Entraram em um pombal deserto, onde havia somente uma bacia cheia de água e um cestinho repleto de favas.

O boneco, desde que se conhecia por gente, nunca suportou as favas; só de sentir o gosto, dava-lhe enjoo, virava-lhe o estômago. Mas, naquela noite, comeu-as com gosto, e, quando estavam quase acabando, virou-se para o Pombo e disse:

– Nunca pensei que as favas fossem tão boas!

– É preciso se convencer, meu menino – respondeu o Pombo –, de que, quando a fome grita e não há outra opção, até as favas ficam deliciosas! A fome não tem caprichos nem preferências!

Feito o lanchinho rápido, retomaram a viagem e lá se foram. Na manhã seguinte chegaram à praia.

O Pombo pousou Pinóquio no chão e, para evitar a coisa chata do agradecimento por ter feito uma boa ação, logo retomou o voo e desapareceu.

A praia estava cheia de gente, que gritava e gesticulava olhando para o mar.

– O que aconteceu? – perguntou Pinóquio a uma velhinha.

– Aconteceu que um pobre pai, tendo perdido seu filho, quis entrar num barquinho para procurá-lo do outro lado do mar. E o mar hoje está muito bravo, e o barquinho está quase virando...

– Onde está o barquinho?

– Lá em frente, na direção do meu dedo – disse a velha, indicando um pequeno barco que, visto daquela distância, parecia uma casca de noz com um homenzinho dentro.

Pinóquio voltou os olhos para lá e, depois de ter olhado atentamente, lançou um grito agudo:

– É o meu pai! É o meu pai!

Enquanto isso, o barquinho, arremessado pela fúria do mar, ora desaparecia entre as ondas gigantes, ora retornava à superfície. E Pinóquio, em pé sobre a ponta de um recife, não parava de chamar seu pai e de lhe fazer mil sinais com as mãos, com o toquinho do nariz e até com o gorro que tinha na cabeça.

Embora estivesse longe da praia, Geppetto parece ter reconhecido o filho, pois também tirou o chapéu e o cumprimentou, e, gesticulando, deu a entender que gostaria de voltar, mas que o mar estava grande e o impedia de usar o remo e se aproximar da terra.

De repente, veio uma onda enorme, e o barco desapareceu. Esperaram o barco voltar à tona, mas ele não voltou.

– Pobre homem! – disseram então os pescadores reunidos na praia. E, murmurando baixinho uma prece, começaram a voltar para casa.

Até que ouviram um grito desesperado e, voltando-se, viram um rapazinho que, do topo de um recife, se atirava no mar, gritando:

– Quero salvar meu pai!

Pinóquio, sendo todo de madeira, boiava com facilidade e nadava como um peixe. Ora o viam desaparecer debaixo d'água, arrastado pelo ímpeto das ondas, ora reaparecia na superfície com um braço ou uma perna, já bem longe da terra. Por fim, perderam-no de vista e não o viram mais.

– Pobre rapaz! – disseram então os pescadores reunidos na praia. E, murmurando baixinho uma prece, voltaram para casa.

XXIV.

Pinóquio chega à ilha das "Abelhas trabalhadeiras" e reencontra a Fada.

Pinóquio, motivado pela esperança de chegar a tempo para ajudar seu pobre pai, nadou a noite toda.

E que nadada horrível foi aquela! Inundou, choveu granizo, trovejou tenebrosamente com raios que faziam parecer dia.

Ao amanhecer, ele conseguiu ver, pouco distante dali, um longo trecho de terra. Era uma ilha no meio do mar.

Então fez de tudo para chegar àquela praia, mas não conseguiu. As ondas se acavalavam, uma depois da outra, e o jogavam para cá e para lá feito um galho ou um fio de palha. Por fim e por sorte, veio uma onda tão forte e violenta que o atirou com força na areia da praia.

O impacto ao bater no chão foi tão grande que todas as costelas e juntas do boneco estalaram. Mas ele logo se consolou, dizendo:

– Ainda bem que me salvei de novo!

Enquanto isso, pouco a pouco, o céu serenou, o sol surgiu em todo o seu esplendor e o mar ficou tranquilo e calmo como uma pintura.

Então o boneco estendeu sua roupa para secar ao sol e se pôs a olhar aqui e ali para ver se por acaso avistava, na imensidão da água, um pequeno barco com um homenzinho dentro. Olhou bem direitinho, mas não viu nada diante de si, a não ser o céu, o mar e as velas de algum navio cargueiro, tão distantes que pareciam moscas.

– Se ao menos eu soubesse como se chama esta ilha! – ia dizendo. – Se ao menos eu soubesse se esta ilha é habitada por pessoas gentis, quer dizer, por pessoas que não tenham o hábito de amarrar crianças nos galhos das árvores. Mas para quem posso perguntar? Para quem, se não há ninguém?...

Essa ideia de estar completamente sozinho naquele lugar tão grande e desabitado deixou-o tão melancólico que estava a ponto de chorar. Mas, de repente, viu passar, bem perto da praia, um peixe enorme, que nadava tranquilamente com a cabeça toda para fora d'água.

Não sabendo como chamá-lo pelo nome, o boneco gritou alto para que ele ouvisse:

– Ei, senhor peixe, o senhor me permite uma palavrinha?

– Até duas – respondeu o peixe, que era um golfinho muito gentil, como se encontram poucos em todos os mares do mundo.

– Poderia me dizer, por favor, se nesta ilha há uma cidade onde se possa comer sem perigo de ser comido?

– Certamente – respondeu o golfinho. – Aliás, há uma pouco distante daqui.

– E que estrada devo pegar para ir até lá?

– Deve pegar aquela estradinha ali à esquerda e caminhar sempre reto. Não há como errar.

– Me diga outra coisa. O senhor passeia o dia todo e a noite toda pelo mar, não encontrou por acaso um barquinho com meu pai dentro?

– E quem é o seu pai?

– É o melhor pai do mundo, assim como eu sou o pior filho que se possa ter.

– Com a tempestade que deu esta noite – respondeu o golfinho –, o barquinho deve ter afundado.

– E o meu pai?

– A esta hora, deve ter sido engolido pelo terrível Tubarão, que há dias vem espalhando extermínio e desolação em nossas águas.

– E é muito grande esse Tubarão? – perguntou Pinóquio, já começando a tremer de medo.

– Ah, se é grande!... – respondeu o golfinho. – Para você ter uma ideia, diria que é maior que um casarão de 5 andares e tem uma bocona tão grande e funda que nela daria para passar comodamente um trem de ferro inteiro com a locomotiva ligada.

– Minha nossa! – gritou assustado o boneco e, se vestindo rapidamente, virou para o golfinho e disse: – Até logo, senhor peixe. Desculpe o incômodo e muito obrigado pela gentileza.

Dito isso, pegou logo a estradinha e se pôs a caminhar a passo rápido, tão rápido que parecia correr. E, a cada pequeno barulho que ouvia, logo virava para olhar, com medo de ser seguido por aquele terrível tubarão, grande como uma casa de cinco andares e com um trem de ferro na boca.

Depois de meia hora de estrada, chegou a um pequeno lugarejo conhecido como "a cidade das abelhas trabalhadeiras". As ruas formigavam de gente correndo aqui e ali, ocupadas. Todos trabalhavam, todos tinham algo para fazer. Não se encontrava ninguém ocioso ou desocupado, nem procurando com uma lanterna.

– Entendi – disse logo aquele Pinóquio preguiçoso. – Este lugar não é feito para mim! Não nasci para trabalhar!

Enquanto isso, a fome o atormentava, pois fazia vinte e quatro horas que não comia nada, nem mesmo um prato de favas.

O que fazer?

Só havia dois jeitos de quebrar o jejum: pedir trabalho ou pedir de esmola dinheiro ou um pedaço de pão.

Pedir esmola o envergonhava, pois seu pai havia lhe ensinado que só os velhos e enfermos têm esse direito. Neste mundo, os pobres de verdade, que merecem ajuda e compaixão, são aqueles que, por causa da idade ou de doença, não conseguem mais ganhar o pão com o trabalho das próprias mãos. Todos os outros têm obrigação de trabalhar; se não trabalham e sentem fome, pior para eles.

Nesse meio-tempo, passou na estrada um homem todo suado e ofegante, que puxava sozinho, com muito esforço, dois carretos cheios de carvão.

Pinóquio, julgando tratar-se de um homem bom pela fisionomia, aproximou-se dele e, abaixando os olhos de vergonha, disse baixinho:

– O senhor poderia me dar uma moeda? Estou morrendo de fome.

– Não só uma – respondeu o carvoeiro. – Eu lhe dou quatro moedas se me ajudar a puxar até minha casa estes dois carretos de carvão.

– É o que me faltava! – respondeu o boneco quase ofendido. – Para o seu conhecimento, nunca trabalhei como burro de carga!...

– Bom para você! – respondeu o carvoeiro. – Então, meu querido rapaz, se está realmente morrendo de fome, coma duas fatias da sua soberba e tome cuidado para não ter uma indigestão.

Poucos minutos depois, passou pela rua um pedreiro, levando nos ombros um saco de cal.

– Cavalheiro, você faria a caridade de dar uma moeda a um rapaz que está bocejando de fome?

– Com todo prazer. Venha comigo carregar cal e, em vez de uma moeda, lhe darei cinco – respondeu o pedreiro.

– Mas a cal é pesada – respondeu Pinóquio –, e não quero fazer esforço.

– Se não quer fazer esforço, então, meu rapaz, divirta-se bocejando e faça bom proveito.

Em menos de meia hora passaram outras vinte pessoas. A todas Pinóquio pediu uma esmola, mas todas lhe responderam:

– Você não tem vergonha? Em vez de ficar pedindo na rua, vá procurar trabalho e aprenda a ganhar o seu pão!

Finalmente passou uma mulher bondosa que levava duas jarras de água.

– Mulher bondosa, você me permitiria beber um pouco da água da sua jarra? – disse Pinóquio, que ardia de sede.

– Beba, meu rapaz! – disse a pequena mulher, apoiando as duas jarras no chão.

Quando Pinóquio acabou de beber como uma esponja, murmurou a meia voz, enxugando a boca:

– A sede passou! Ai se a fome também passasse!...

A mulher bondosa, ouvindo aquelas palavras, logo acrescentou:

– Se me ajudar a levar estas jarras de água, lhe darei um pedaço de pão.

Pinóquio olhou para a jarra e não respondeu nem que sim nem que não.

– E, junto com o pão, lhe darei um lindo prato de couve-flor temperada com azeite e vinagre – acrescentou a mulher bondosa.

Pinóquio deu outra olhada para a jarra e não respondeu nem que sim nem que não.

– E depois da couve-flor, lhe darei um lindo confeito recheado com licor.

À tentação dessa última guloseima, Pinóquio não conseguiu resistir e, com o espírito decidido, disse:

– Paciência! Levarei a jarra até sua casa!

A jarra era muito pesada, e o boneco, não tendo força para carregá-la com as mãos, resignou-se a levá-la sobre a cabeça.

Chegando lá, a mulher bondosa fez Pinóquio sentar-se em uma mesinha toda arrumada e pôs diante dele o pão, a couve-flor e o confeito.

Pinóquio não comeu, devorou. Seu estômago parecia um bairro vazio e desabitado por cinco meses.

Assim que as mordidas nervosas de fome pouco a pouco se acalmaram, o boneco ergueu a cabeça para agradecer sua benfeitora. Mas mal terminara de olhar o seu rosto e lançou um longuíssimo *ohhh*!... de surpresa, e ficou ali encantado, com os olhos arregalados, o garfo no ar e a boca cheia de pão e couve-flor.

– Por que tanta surpresa? – disse, rindo, a mulher bondosa.

– Você é... – respondeu gaguejando Pinóquio – você é... você é... é que você parece... você me lembra.... sim, sim, a mesma voz... os mesmos olhos... os mesmos cabelos.... sim, sim... você também tem cabelos azuis-turquesa como ela! Oh, minha Fadinha!... Oh, minha Fadinha!... Me diga que é você mesmo!... Não me faça chorar! Se soubesse!... Chorei tanto, sofri tanto...

Dizendo isso, Pinóquio chorava aos prantos e, se atirando no chão, abraçava os joelhos daquela pequena mulher misteriosa.

XXV.

Pinóquio promete à Fada ser bom e estudar, pois está cansado de ser um boneco e quer se tornar um menino de bem.

No início, a mulher bondosa começou dizendo que não era a pequena Fada de cabelos turquesa. Mas depois, vendo que tinha sido descoberta e não querendo prolongar aquele drama, acabou reconhecendo quem era, e disse a Pinóquio:

– Seu boneco espertinho! Como percebeu que era eu?

– Eu lhe quero tão bem que logo soube.

– Está lembrado? Quando você foi embora eu era uma menina e, agora, sou uma mulher. Cresci tanto que quase poderia ser sua mãe.

– Fico muito feliz, pois assim, em vez de irmãzinha, posso chamá-la de mamãe. Faz tanto tempo que desejo ter uma mãe como todas as outras crianças!... Mas como você fez para crescer assim tão rápido?

– É um segredo.

– Ensine-me como se faz, gostaria de crescer um pouquinho também. Não vê? Continuo sempre alto como uma tampinha.

– Mas você não pode crescer – respondeu a Fada.

– Por quê?

– Porque os bonecos nunca crescem. Nascem bonecos, vivem bonecos e morrem bonecos.

– Ufa, estou cansado de ser sempre um boneco! – gritou Pinóquio, dando um tapa na própria cabeça. – Está na hora de eu virar um menino de verdade como os outros.

– Você vai virar, se merecer...

– De verdade? E o que posso fazer para merecer isso?

– Uma coisa muito fácil: acostumar-se a ser um bom menino.

– E eu não sou?

– Nem de longe! Os bons meninos são obedientes, e você...

– E eu nunca obedeço.

– Os bons meninos criam amor pelo estudo e pelo trabalho, e você...

– E eu sou preguiçoso e vagabundo o ano todo.

– Os bons meninos falam sempre a verdade...

– E eu, sempre mentiras.

– Os bons meninos têm prazer em ir para a escola...

– E para mim a escola dá dor no corpo. Mas de hoje em diante quero mudar de vida.

– Promete?

– Prometo. Quero virar um menino de bem e ser o consolo do meu pai... Onde será que meu pobre pai está a essa hora?

– Não sei.

– Será que vou ter a sorte de revê-lo e abraçá-lo?

– Acho que sim, aliás, estou certa de que sim.

Ao ouvir essa resposta, Pinóquio ficou tão contente que segurou as mãos da Fada e começou a beijá-las. Tão entusiasmado estava que parecia fora de si. Depois, erguendo o rosto e olhando para ela amorosamente, perguntou:

– Me diga, mãezinha, então não é verdade que você morreu?

– Parece que não – respondeu sorrindo a Fada.

– Se você soubesse a dor e o aperto no peito que senti ao ler *aqui jaz*...

– Eu sei. E é por isso que lhe perdoei. A sinceridade da sua dor me fez ver que você tinha um bom coração. E podemos sempre esperar algo dos meninos de bom coração: apesar de serem travessos e de terem maus hábitos, podemos sempre esperar que encontrem o caminho do bem. É por isso que vim procurá-lo, para ser sua mãe...

– Ah, que lindo! – gritou Pinóquio, pulando de alegria.

– Você terá que me obedecer e fazer sempre o que lhe digo.

– Com muito prazer, com muito prazer!

– A partir de amanhã – acrescentou a Fada –, você vai começar a ir para a escola. E depois vai escolher uma arte ou um ofício...

Pinóquio ficou sério.

– O que você está resmungando aí? – perguntou a Fada, em tom ressentido.

– Estava dizendo... – murmurou o boneco a meia voz – que já está um pouco tarde para ir para a escola...

– Não, senhor. Ponha na cabeça que para se instruir e aprender nunca é tarde.

– Mas eu não quero fazer nem artes nem ofícios...

– Por quê?

– Porque trabalhar me parece cansativo.

– Meu menino – disse a Fada –, os que dizem isso quase sempre terminam na cadeia ou no hospital. Saiba que o homem, nascido rico ou pobre, é obrigado neste mundo a fazer algo, a se ocupar, a trabalhar. Ai de quem se deixa levar pelo ócio! O ócio é uma doença horrível, e é preciso curá-la logo, desde criança. Senão, quando crescemos, não nos curamos mais.

Essas palavras tocaram o espírito de Pinóquio, que, erguendo alegremente a cabeça, disse à Fada:

– Vou estudar, trabalhar, fazer tudo o que você me disser, pois a vida de boneco me entediou e quero virar um menino a todo custo. Você me prometeu, não é verdade?

– Prometi, e, agora, depende de você.

XXVI.

Pinóquio vai com os colegas de classe à beira do mar para ver o terrível Tubarão.

No dia seguinte, Pinóquio foi para a escola municipal.

Imaginem aqueles meninos arteiros quando viram entrar na classe um boneco! Foi uma risada que não acabava mais. Uns faziam uma brincadeirinha com ele, outros, outra; uns pegavam o gorro da sua mão, outros puxavam o seu casaquinho; uns tentavam desenhar à tinta dois grandes bigodes embaixo de seu nariz, outros tentavam até amarrar barbantes nos pés e nas mãos do boneco para fazê-lo dançar.

Por um tempo, Pinóquio não deu bola e seguiu em frente; mas, por fim, sentindo a paciência terminar, virou-se para os meninos que o azucrinavam e caçoavam dele e disse em tom duro:

– Olhem, meninos, não vim aqui para ser um palhaço. Respeito os outros e quero ser respeitado.

– Muito bem, capeta! Falou que nem livro! – gritaram os moleques gargalhando loucamente. E um deles, mais impertinente que os outros, estendeu a mão com a ideia de agarrar o boneco pela ponta do nariz.

Mas não fez em tempo, porque Pinóquio estendeu a perna debaixo da mesa e lhe deu um chute na canela.

– Ai, que pés duros! – gritou o menino, esfregando o roxo que o boneco lhe havia feito.

– E que cotovelos!... Mais duros que os pés! – disse um outro que levara uma cotovelada no estômago pelas brincadeiras inconvenientes.

Fato é que, depois do chute e da cotovelada, Pinóquio logo conquistou a estima e a simpatia de todos os meninos da escola. Todos o tratavam com carinho e o queriam muito bem.

Até o professor o elogiava, pois o via atento, estudioso, inteligente, sempre o primeiro a entrar na classe e o último a se levantar quando a aula terminava.

O único defeito que ele tinha era frequentar muitos colegas; e, entre estes, havia vários moleques conhecidíssimos pela pouca vontade de estudar e de ser honrado.

– Cuidado, Pinóquio! Esses moleques da escola mais cedo ou mais tarde vão lhe fazer perder o amor pelo estudo e podem até atrair uma grande desgraça.

– Não tem perigo! – respondia o boneco, dando de ombros e tocando o índice no meio da cabeça como quem diz: "Tenho juízo nessa cabecinha!".

Então aconteceu que, um belo dia, enquanto caminhava para a escola, encontrou uma turma dos colegas de sempre, que, vindo ao seu encontro, disseram:

– Sabe da novidade?

– Não.

– No mar aqui perto chegou um Tubarão grande como uma montanha.

– É verdade?... Será o mesmo Tubarão de quando meu pobre pai se afogou?

– Nós vamos até a praia vê-lo. Quer ir também?

– Não, quero ir para a escola.

– E quem liga para a escola? Vamos para a escola amanhã. Com uma lição a mais ou a menos, seremos sempre os mesmos burros.

– E o que o professor vai dizer?

– Deixe-o falar. É pago para reclamar o dia todo.

– E a minha mãe?...

– As mães não sabem de nada – responderam aqueles infelizes.

– Querem saber? – disse Pinóquio. – Tenho motivos para querer ver o Tubarão... mas vou depois da aula.

– Pobre tolinho! – rebateu um do grupo. – Você acha que um peixe daquele tamanho vai ficar ali esperando? Assim que se entediar, pega outro rumo e, daí, quem viu, viu.

– Quanto tempo leva daqui até a praia? – perguntou o boneco.

– Em uma hora vamos e voltamos.

– Então, vamos embora! Quem correr mais, ganha! – gritou Pinóquio.

Dado assim o sinal da partida, aquele bando de moleques, com os livros e cadernos embaixo do braço, começou a correr pelos campos; e Pinóquio ia sempre na frente de todos, parecia ter asas nos pés.

Às vezes virava para trás e zombava dos colegas que tinham ficado a uma bela distância; e ria com gosto ao vê-los ofegantes, suados, empoeirados e com a língua de fora. Naquele instante, mal sabia o infeliz dos medos e desgraças que o aguardavam!...

XXVII.

Grande briga entre Pinóquio e seus colegas, um dos quais fica ferido. Pinóquio é preso pela polícia.

Ao chegar à praia, Pinóquio deu logo uma boa olhada no mar, mas não viu nenhum Tubarão. O mar estava lisinho como um grande espelho.

– E o Tubarão, onde está? – perguntou, virando-se para os colegas.

– Deve ter ido tomar café – respondeu um deles, rindo.

– Vai ver foi para a cama tirar uma soneca – acrescentou outro, rindo bem alto.

Ante as respostas sem pé nem cabeça e as risadas estúpidas dos meninos, Pinóquio compreendeu que seus colegas tinham aprontado com ele, inventando algo que não era verdade; e, contrariado, lhes disse em tom grave:

– E então? Que graça tem inventar a historinha do Tubarão?

– Muita graça!... – responderam em coro os moleques.

– E qual seria?

– Fazer você perder aula e vir conosco. Você não tem vergonha de ser tão certinho e aplicado nas aulas? Não tem vergonha de estudar tanto, como faz?

– Se estudo, que importância isso tem para vocês?

– Muita, pois, por sua causa, somos obrigados a fazer feio com o professor...

– Por quê?

– Porque os alunos que estudam fazem os que não têm vontade de estudar, como nós, desaparecerem. E nós não queremos desaparecer! Também temos amor-próprio!...

– E então o que devo fazer para contentá-los?

– Deve começar a se aborrecer com a escola, com a aula, com o professor, que são nossos três grandes inimigos.

– E se eu quiser continuar a estudar?

– Não vamos mais olhar para a sua cara. E, na primeira ocasião, você vai ver!...

– Na verdade, vocês me fazem rir – disse o boneco, balançando a cabeça.

– Olhe, Pinóquio! – gritou então o maior dos meninos, encarando-o. – Não venha com esse ar superior, não banque o galo do galinheiro!... Se você não tem medo de nós, nós também não temos medo de você! Lembre-se de que você está sozinho, e de que nós estamos em sete.

– Sete como os pecados mortais – disse Pinóquio dando uma gargalhada.

– Ouviram isso? Ele nos insultou! Nos chamou de pecados mortais!...

– Pinóquio, peça desculpas por ter nos ofendido... Senão você vai ver!

– Você não me pega! – fez o boneco, batendo o indicador na ponta do nariz, em sinal de deboche.

– Pinóquio, isso vai acabar mal!...

– Você não me pega!

– Vai cantar que nem um burro!...

– Você não me pega!

– Vai voltar para casa com o nariz quebrado!

– Você não me pega!

– Agora você vai ver quem é que canta! – gritou o mais corajoso dos moleques. – Tome este de aperitivo e guarde o resto para o jantar.

E, ao dizer isso, deu-lhe um soco na cabeça.

Mas, como se diz, foi soco e troco, pois o boneco, como era de esperar, respondeu com outro murro. E, de uma hora para outra, uma briga feia tomou conta de tudo.

Pinóquio, embora estivesse sozinho, se defendia como um herói. Com os pés de madeira dura, mexia-se tão bem que mantinha sempre os inimigos a uma distância de respeito. Tudo o que seus pés alcançavam e tocavam ficava com uma marca de recordação.

Então os meninos, contrariados por não poderem lutar corpo a corpo com o boneco, pensaram em atacá-lo com objetos e, desamarrando as trouxas de livros da escola, começaram a lançar sobre ele as *Cartilhas*, as *Gramáticas*, os *Giannettinos*, os *Minuzzolos*, os *Contos do Thouar*, o *Pulcino* de Baccini e outros livros escolares. Mas o boneco, que era muito esperto e ligeiro, desviava sempre em tempo, e os volumes, passando sobre a sua cabeça, acabavam todos caindo no mar.

Imaginem os peixes! Os peixes, acreditando que os livros fossem para comer, corriam em cardumes à superfície da água; mas depois de abocanhar umas páginas ou capas, logo cuspiam, fazendo cara feia, como se dissessem: "Não é para nós, estamos acostumados a nos alimentar muito melhor!".

A briga ia ficando cada vez pior, quando eis que um grande Caranguejo, que tinha saído da água e lentamente subido pela areia da praia, gritou com uma voz de trombone resfriado:

– Parem com isso, seus moleques! Essa guerra de mãos entre meninos raramente termina bem. Sempre acontece alguma desgraça!...

Pobre Caranguejo! Foi o mesmo que falar com o vento. Ao contrário, o danado do Pinóquio, virando-se para trás e olhando atravessado para ele, disse em tom grosseiro:

– Quieto, Caranguejo chato!... Você deveria chupar duas pastilhas de líquen para curar essa dor de garganta. Vá para a cama e trate de suar!

Enquanto isso, os meninos, que já tinham atirado todos os seus livros, viram ali perto a trouxa de livros do boneco, e, rapidinho, tomaram conta dela.

Entre os livros estava um volume encadernado em papel grosso, com a lombada e os cantos de pele de ovelha. Era o *Tratado de Aritmética*. Imaginem como era pesado!

Um dos moleques agarrou aquele volume e, mirando a cabeça de Pinóquio, atirou-o com toda a força que tinha no braço. Mas, em vez de acertar o boneco, acertou a cabeça de um de seus colegas, que ficou branco como um pano alvejado e só conseguiu dizer estas palavras:

– Minha mãe do céu, me ajude porque vou morrer!

E caiu duro na areia da praia.

Ao verem aquele menino morto, os rapazes, assustados, escapuliram depressa e, em poucos minutos, tinham desaparecido.

Mas Pinóquio ficou ali e, embora também estivesse mais morto do que vivo de dor e de susto, correu para ensopar o lenço na água do mar e começou a molhar a têmpora do pobre colega. Enquanto isso, aos prantos e desesperado, chamava o menino e dizia:

– Eugênio!... meu pobre Eugênio!... abra os olhos e olhe para mim!... Por que você não responde? Não fui eu que machuquei você assim! Acredite, não fui eu!... Abra os olhos, Eugênio... Se ficar com os olhos fechados, vou morrer também... Ai, meu Deus, como vou fazer para voltar para casa? ... Com que coragem vou me apresentar à minha mãe tão bondosa? O que será de mim?... Para onde vou fugir?... Onde vou me esconder?... Ah, como teria sido melhor, mil vezes melhor, se eu tivesse ido para a escola!... Por que dei ouvido a esses colegas que são a minha perdição?... Bem que o professor havia dito!... E minha mãe, repetido: "Cuidado com as más companhias!". Mas sou cabeça-dura... teimoso... deixo todos falarem, mas faço sempre do meu jeito... E depois pago pelo que fiz... Por isso, desde que vim ao mundo, nunca tive quinze minutos de paz. Ai, meu Deus! O que será de mim, o que será de mim, o que será de mim?...

Pinóquio continuava a chorar, a berrar, a bater na própria cabeça e a chamar o nome do pobre Eugênio, quando, de repente, ouviu um forte ruído de passos se aproximando.

Voltou-se: eram dois policiais.

– O que você faz deitado aí no chão? – perguntaram a Pinóquio.

– Estou ajudando meu colega de classe.

– Ele se sentiu mal?

– Parece que sim!...

– Que nada! – disse um dos policiais, inclinando-se e observando Eugênio de perto. – Este rapaz foi ferido na têmpora. Quem o machucou?

– Eu não – balbuciou o boneco, quase sem ar.

– Se não foi você, quem foi que o feriu?

– Eu não – repetiu Pinóquio.

– E com o que ele foi ferido?

– Com este livro – e o boneco pegou do chão o *Tratado de Aritmética*, encadernado em capa dura e pele de ovelha para mostrá-lo ao policial.

– E este livro de quem é?

– Meu.

– Então está resolvido. Levante-se imediatamente e venha conosco.

– Mas eu...

– Venha conosco!

– Mas eu sou inocente...

– Venha conosco!

Antes de irem embora, os policiais chamaram alguns pescadores, que passavam em um barco perto da praia naquele momento, e lhes disseram:

– Cuidem desse rapazinho ferido na cabeça. Levem-no para casa e cuidem dele. Amanhã voltaremos para vê-lo.

Então se voltaram para Pinóquio e, depois de colocá-lo entre os dois, intimaram-no em tom militar:

– Em frente! Caminhe rápido, senão, pior para você!

Sem titubear, o boneco começou a caminhar por aquela estradinha que levava ao povoado. Mas o pobre-diabo não sabia mais que mundo era aquele. Parecia estar sonhando, e que sonho horrível! Estava fora de si. Seus olhos viam tudo duplo, suas pernas tremiam, sua língua estava grudada no céu da boca, e ele não conseguia pronunciar mais nenhuma palavra. E assim mesmo, em meio a essa espécie de estupidez e entorpecimento, um espinho pontudo espetava o seu coração: o pensamento de que teria que passar debaixo da janela da casa da Fada acompanhado pelos policiais. Teria preferido morrer.

Já haviam chegado e estavam para entrar no povoado quando uma rajada de vento arrancou o gorro da cabeça de Pinóquio, carregando-o a uma dezena de passos dali.

– Os senhores permitem – disse o boneco aos policiais – que eu vá pegar o meu gorro?

– Vá, mas rápido.

O boneco foi, pegou o gorro... mas, em vez de colocá-lo na cabeça, colocou-o na boca entre os dentes e começou a correr em direção à praia. Corria como uma bala de espingarda.

Os policiais, julgando ser difícil alcançá-lo, colocaram atrás dele um grande cão mastim, premiado em todas as corridas de cães. Pinóquio corria, e o cachorro corria atrás dele; por isso, todos iam à janela e se amontoavam no meio da rua, ansiosos para verem o final dessa corrida feroz.

Mas não puderam matar a vontade, pois o cão mastim e Pinóquio ergueram uma poeira tão grande ao longo da estrada que, em poucos minutos, não dava para ver mais nada.

XXVIII.

Pinóquio corre o risco de ser frito na panela como um peixe.

Nessa corrida desesperada, houve um momento terrível em que Pinóquio acreditou estar perdido, pois é preciso saber que Alidoro (esse era o nome do cão mastim) corria tanto que quase o alcançara.

Basta dizer que o boneco sentia, um palmo de distância atrás de si, a respiração ofegante do bicho e sentia até o hálito quente de suas baforadas.

Por sorte, a praia estava perto e se avistava o mar a poucos passos.

Assim que chegou à praia, o boneco deu um pulo enorme, como se fosse uma rã, e caiu bem no meio da água. Alidoro queria parar, mas, com o ímpeto da corrida, entrou na água também. E aquele infeliz não sabia nadar; por isso começou logo a mexer as patas para tentar se manter na superfície, mas, quanto mais movia as patas, mais afundava a cabeça na água.

Quando tornou a pôr a cabeça para fora da água, o pobre cão tinha os olhos amedrontados e arregalados e, latindo, gritava:

– Estou me afogando! Estou me afogando!

– Boa sorte! – respondeu Pinóquio de longe, já fora de qualquer perigo.

– Me ajude, caro Pinóquio!... Me salve da morte!...

Ao ouvir esses gritos dilacerantes, o boneco, que no fundo tinha um bom coração, foi movido pela compaixão e, voltando-se para o cão, disse:

– Mas, se eu ajudá-lo a se salvar, promete que não vai mais me incomodar e correr atrás de mim?

– Prometo! Prometo! Depressa, por favor, se demorar mais meio minuto, estou morto.

Pinóquio hesitou um pouco. Mas depois, lembrando que seu pai havia dito tantas vezes que fazer uma boa ação nunca é demais, foi nadando até Alidoro e, segurando-o pelo rabo com as duas mãos, levou-o são e salvo até a areia seca da praia.

O pobre cão não conseguia parar em pé. Sem querer tinha bebido tanta água salgada que estava inchado como uma bola. Entretanto, não querendo confiar demais, o boneco achou prudente se jogar no mar de novo. E, afastando-se da praia, gritou para o amigo salvo:

– Adeus, Alidoro, faça uma boa viagem e mande abraços aos de casa.

– Adeus, Pinóquio – respondeu o cão. – Muito obrigado por ter me salvado da morte. Você me fez um grande favor. E, neste mundo, tudo o que vem, volta. Se houver ocasião, nos falaremos.

Pinóquio continuou a nadar, mantendo-se próximo da terra. Finalmente lhe pareceu ter chegado a um local seguro. E, dando uma olhada para a praia, viu nas pedras uma espécie de gruta, da qual saía uma longa nuvem de fumaça.

– Naquela gruta – disse consigo – deve haver fogo. Que bom! Vou me secar e me aquecer. E depois?... Depois veremos o que acontece.

Tendo tomado essa decisão, aproximou-se do rochedo. Mas, quando estava para escalar a pedra, sentiu algo debaixo d'água que subia, subia, e o erguia no ar. Tentou fugir, mas era tarde demais, pois, para a sua surpresa, viu que estava preso numa grande rede em meio ao rebuliço de peixes de todas as formas e tamanhos, que se debatiam como espíritos desesperados.

E, ao mesmo tempo, viu sair da gruta um pescador tão feio, mas tão feio, que parecia um monstro marinho. Em vez de cabelos, tinha na cabeça um arbusto cheio de mato verde; era verde a pele de seu corpo, eram verdes os olhos e a barba longuíssima, que vinha até aqui embaixo. Parecia um grande lagarto em pé sobre as patas traseiras.

Quando o pescador tirou a rede para fora do mar, gritou todo contente:

– Graças a Deus, hoje também vou me fartar de peixe!

– Nada mal, mas cuidado que eu não sou um peixe! – disse Pinóquio baixinho, criando coragem.

A rede cheia de peixes foi levada para dentro da gruta, uma gruta escura e enfumaçada, no meio da qual fritava uma grande panela de óleo, que exalava um cheirinho de gordura de tirar o fôlego.

– Vejamos que peixes pegamos! – disse o pescador verde. E, enfiando na rede uma mãozona desproporcional, que parecia uma pá de pizzaiolo, agarrou um punhado de trilhas.

– Que boas essas trilhas! – disse, olhando e cheirando os peixes prazerosamente. E, depois de cheirá-los, jogou-os em uma bacia sem água.

Repetiu a mesma operação várias vezes. E, à medida que tirava da rede os outros peixes, sentia a boca encher de água e, regozijando-se, dizia:

– Que bons esses badejos!...

– Uma delícia essas tainhas!...

– Muito bons esses linguados!...

– Saborosos esses peixinhos-aranha!...

– Que lindas essas anchovas com a cabeça!...

Como podem imaginar, os badejos, as tainhas, os linguados, os peixes-aranha e as anchovas foram todos para a bacia fazer companhia para as trilhas.

O último que sobrou na rede foi Pinóquio.

Assim que o pescador o tirou da rede, arregalou maravilhado os olhões verdes, gritando quase amedrontado:

– Que raça de peixe é este? Não me lembro de ter comido peixes deste tipo!

E olhou-o de novo atentamente, e, depois de olhá-lo bem de todos os lados, acabou dizendo:

– Entendi: deve ser um caranguejo do mar.

Então Pinóquio, humilhado por ouvir que tinha sido confundido com um caranguejo, disse em tom ressentido:

– Mas que caranguejo o quê! Olhe como o senhor me trata! Para o seu conhecimento, eu sou um boneco.

– Um boneco? – respondeu o pescador. – Para dizer a verdade, peixe-boneco é um peixe novo para mim! Melhor assim, vou comê-lo com mais prazer.

– Comer-me? Mas o senhor não entendeu que não sou um peixe? Não vê que falo e raciocino como o senhor?

– É verdade – acrescentou o pescador. – E como vejo que você é um peixe que tem a sorte de falar e pensar como eu, quero tratá-lo como se deve.

– E o que seria tratar-me como se deve?

– Em sinal de amizade e de estima, deixarei você escolher como quer ser cozinhado. Deseja ser frito na frigideira ou cozido na panela com molho de tomate?

– Para dizer a verdade – respondeu Pinóquio –, se posso escolher, prefiro ser deixado livre para poder voltar para casa.

– Está brincando? E você acha que quero perder a oportunidade de experimentar um peixe assim tão raro? Não é todo dia que aparece um peixe-boneco nesses mares. Deixe-me decidir: fritarei você na frigideira com todos os outros peixes e, assim, ficará contente. Ser frito em companhia é sempre um consolo.

O infeliz do Pinóquio, ao ouvir essa ladainha, começou a chorar, a gritar, a implorar. E, chorando, dizia:

– Eu deveria ter ido para a escola!... Quis dar ouvido aos meus colegas e agora estou pagando! Buá!... Buá!... Buá!...

E, como ele se mexia feito uma enguia e fazia esforços inacreditáveis para se soltar das garras do pescador verde, este pegou uma bela casca de junco e, depois de amarrar as mãos e os pés do boneco feito um salame, jogou-o no fundo da bacia com os outros peixes.

Então, pegando uma vasilha bem grande de madeira, cheia de farinha, começou a enfarinhar os peixes; e, à medida que os enfarinhava, jogava-os dentro da frigideira.

Os primeiros a dançar no óleo quente foram os pobres badejos; depois foi a vez dos peixes-aranha, das tainhas, dos linguados e anchovas. Até que chegou a vez de Pinóquio, que, ao se ver tão perto da morte (e que morte horrível!), foi tomado por uma tremedeira e por tanto medo que não tinha mais voz nem fôlego para pedir nada.

O pobrezinho suplicava com os olhos! Mas o pescador verde, sem nem olhar para ele, passou-o cinco ou seis vezes na farinha; deixou-o tão bem enfarinhado da cabeça aos pés que parecia um boneco de gesso.

Depois, pegou-o pela cabeça e...

XXIX.

Volta à casa da Fada, a qual lhe promete que no dia seguinte ele deixaria de ser um boneco e se tornaria um menino. Café com leite especial para festejar esse grande acontecimento.

Quando o pescador estava para jogar Pinóquio na frigideira, entrou na gruta um grande cão, atraído pelo cheiro fortíssimo e convidativo de fritura.

– Passa! – gritou o pescador, ameaçando-o e continuando a segurar o boneco enfarinhado. Mas o pobre cão estava com uma fome de leão e, ganindo e balançando o rabo, parecia dizer:

– Me dê um pedaço de peixe frito e deixo você em paz.

– Passa, cachorro! – repetiu o pescador e estendeu a perna para lhe dar um chute.

Então, o cachorro, que, quando estava com fome de verdade não costumava moscar, virou-se rosnando para o pescador, mostrando-lhe as terríveis presas.

Enquanto isso, ouviu-se na gruta uma vozinha bem fraca, que disse:

– Salve-me, Alidoro!... Se você não me salvar, estou frito!

O cachorro reconheceu na hora a voz de Pinóquio e se deu conta, surpreso, de que a vozinha vinha daquela trouxa enfarinhada que o pescador tinha na mão.

O que fez então? Deu um pulo, abocanhou a trouxa enfarinhada e, segurando-a suavemente com os dentes, saiu correndo da gruta e foi embora num piscar de olhos!

O pescador, furioso por ver um peixe que ele queria tanto comer ser arrancado de suas mãos, tentou correr atrás do cão. Mas, poucos passos depois, teve um ataque de tosse e precisou voltar.

Enquanto isso, Alidoro, que seguia pela estradinha que levava ao povoado, parou e apoiou delicadamente o amigo Pinóquio no chão.

– Nem sei como agradecer-lhe! – disse o boneco.

– Não é preciso – respondeu o cão. – Você me salvou, e tudo o que vai volta. Sabemos que neste mundo precisamos ajudar uns aos outros.

– Mas como você foi parar naquela gruta?

– Estava aqui estendido na praia, mais morto que vivo, quando o vento me trouxe um cheirinho de fritura. Aquele cheirinho despertou meu apetite, e fui atrás dele. Se eu tivesse chegado um minuto depois!...

– Nem me fale! – gritou Pinóquio, ainda tremendo de medo. – Nem me fale! Se você tivesse chegado um minuto depois, a esta hora eu já teria sido frito, comido e digerido. Brrrrr!... Dá arrepio só de pensar!

Rindo, Alidoro estendeu a pata direita para o boneco, que a apertou bem forte em sinal de grande amizade. Depois se afastaram.

O cão retomou o caminho de casa, e Pinóquio, que tinha ficado sozinho, foi até uma cabana ali perto e perguntou a um velhinho que estava na porta se aquecendo ao sol:

– Me diga uma coisa, cavalheiro, você sabe algo sobre um rapaz ferido na cabeça e que se chamava Eugênio?...

– O rapaz foi trazido por alguns pescadores para esta cabana e então...

– Então morreu! – interrompeu Pinóquio com grande sofrimento.

– Não, está vivo, e já voltou para casa.

– É mesmo? É mesmo? – gritou o boneco, pulando de alegria. – Quer dizer que a ferida não era grave?

– Não, mas poderia ter sido grave e mortal – respondeu o velhinho –, pois jogaram um livrão de capa dura na cabeça dele.

– E quem foi que fez isso?

– Um colega de classe dele, um tal Pinóquio...

– E quem é esse Pinóquio? – perguntou o boneco, fingindo não saber.

– Dizem que é um moleque danado, vagabundo, desajuizado...

– Calúnia! É tudo calúnia!

– Você conhece esse Pinóquio?

– De vista! – respondeu o boneco.

– E o que pensa dele? – perguntou o velhinho.

– Parece ser um bom filho, com de vontade de estudar, obediente, afeiçoado a seu pai e à sua família...

Enquanto o boneco desfilava essas mentiras com a maior cara de pau, tocou seu nariz e percebeu que tinha crescido mais de um palmo. Então, amedrontado, começou a gritar:

– Não ligue para as coisas boas que eu disse sobre ele, cavalheiro. Conheço muito bem Pinóquio e posso lhe garantir que é mesmo um moleque danado, desobediente e preguiçoso, que, em vez de ir para a escola, segue os colegas aprontando por aí!

Assim que pronunciou essas palavras, seu nariz encurtou e voltou ao tamanho normal como antes.

– E por que você está branco desse jeito? – perguntou-lhe de repente o velhinho.

– É que... sem perceber, me esfreguei em um muro que tinha acabado de ser caiado – respondeu o boneco, envergonhando-se de confessar que o haviam enfarinhado como um peixe para depois fritá-lo na panela.

– E o que aconteceu com sua jaqueta, suas meias e seu gorro?

– Fui assaltado, e os ladrões levaram tudo embora. Diga-me, velho bondoso, o senhor não teria uma roupa para me dar para eu poder voltar para casa?

– Meu menino, de roupa eu só tenho esse saquinho, onde guardo tremoço. Se quiser, pegue-o; está ali.

E Pinóquio não o esperou dizer duas vezes: pegou logo o saquinho de tremoços, que estava vazio, e, depois de fazer com a tesoura um pequeno buraco no fundo e dois nas laterais, enfiou-o como uma blusa. E, vestido assim, com essa roupa leve, encaminhou-se para o povoado.

Mas, ao longo da estrada, não se sentia tranquilo. Dava um passo para frente e outro para trás e, falando consigo mesmo, ia dizendo:

– Como vou fazer para me apresentar à minha boa Fadinha? O que ela vai dizer quando me vir?... Vai me perdoar pela segunda vez?... Aposto que não!... Não vai me perdoar... Mas bem-feito para mim, pois sou um moleque que promete sempre se corrigir e nunca mantém a palavra!...

Chegou ao povoado quando já era tarde da noite. E, como o tempo estava ruim, e chovia a cântaros, foi direto para a casa da Fada, resolvido a bater à porta e esperar que abrisse.

Mas, quando estava ali, sentiu faltar coragem e, em vez de bater à porta, se afastou vinte passos, correndo. Aproximou-se outra vez da porta e não fez nada. Aproximou-se uma terceira vez, e nada. Na quarta, segurou tremendo a aldraba de ferro com a mão e deu uma batidinha.

Depois de muito esperar, passada meia hora, finalmente abriu-se uma janela do último andar (a casa tinha quatro andares), de onde surgiu uma grande lesma, com uma luzinha acesa na cabeça, que disse a Pinóquio:

– Quem é a esta hora?

– A Fada está em casa? – perguntou o boneco.

– A Fada está dormindo e não quer ser acordada. Mas quem é você?

– Sou eu!

– Eu quem?

– Pinóquio.

– Que Pinóquio?

– O boneco que mora na casa com a Fada.

– Ah, entendi! – disse a Lesma. – Espere aí que já desço e abro para você.

– Se apresse, por favor, pois estou morrendo de frio.

– Meu rapaz, eu sou uma lesma, e as lesmas nunca têm pressa.

Nesse meio-tempo, passou uma hora, passaram duas horas, e a porta não abria. Pinóquio, que estava encharcado e tremia de frio e de medo, criou coragem e bateu de novo, desta vez mais forte.

Com a segunda batida, abriu-se uma janela do andar de baixo, de onde surgiu a mesma lesma.

– Lesminha linda – gritou Pinóquio da rua –, estou esperando há duas horas! E duas horas, nesta noite horrível, são como dois meses. Se apresse, por favor.

– Meu rapaz – respondeu da janela aquele animal paz e amor –, eu sou uma lesma e as lesmas nunca têm pressa.

E a janela se fechou.

Dali a pouco soou meia-noite, depois uma, depois duas da manhã, e a porta continuava fechada.

Pinóquio, então, perdendo a paciência, segurou com raiva a aldrava da porta para bater tão forte que ecoasse em todo o casarão. Mas a aldrava, que era de ferro, de repente virou uma enguia viva, que escapou de suas mãos e desapareceu no regato que passava no meio da rua.

– Ah, é? – gritou Pinóquio cada vez mais cego de raiva. – Se a aldrava desapareceu, continuarei a bater chutando.

E, recuando um pouco, deu um chute bem forte na porta da casa. O golpe foi tão violento que o pé penetrou na madeira; e, quando o boneco tentou tirá-lo dali, fez um esforço inútil, pois seu pé tinha ficado preso como um prego bem batido.

Imaginem o pobre Pinóquio! Teve que passar o resto da noite com um pé no chão e o outro para cima.

De manhã, ao raiar do dia, finalmente a porta se abriu. Aquele animalzinho hábil que era a lesma havia levado somente nove horas para descer do quarto andar até a porta de entrada. Temos que reconhecer que deve ter sido suado para ela!

– O que você faz com esse pé enfiado na porta? – perguntou rindo ao boneco.

– Aconteceu uma desgraça. Veja se consegue me soltar deste suplício, Lesminha linda.

– Meu rapaz, neste caso vamos precisar de um lenhador, e eu nunca fui lenhadora.

– Peça por mim à Fada!

– A Fada está dormindo e não quer ser acordada.

– Mas o que você quer eu faça preso a esta porta o dia todo?

– Divirta-se contando as formiguinhas que passam pela rua.

– Pelo menos me traga algo para comer, porque estou me sentindo fraco.

– É para já! – disse a lesma.

De fato, depois de três horas e meia, Pinóquio a viu voltar com uma bandeja de prata na cabeça. Na bandeja havia um pão, um frango assado e quatro damascos maduros.

– Eis o café que lhe manda a Fada – disse a Lesma.

Ao ver aquela graça de Deus, o boneco sentiu-se consolado. Mas qual não foi a sua surpresa, quando, ao começar a comer, percebeu que o pão era de gesso, o frango de papelão e os quatro damascos de pedra, pintados da cor natural.

Queria chorar, entregar-se ao desespero, derrubar a bandeja e o que havia nela. E, entretanto, não sei se por causa da dor ou da fraqueza que sentia no estômago, caiu desmaiado.

Quando deu por si, estava deitado em um sofá com a Fada ao seu lado.

– Vou lhe perdoar de novo desta vez – disse a Fada –, mas ai de você se me aprontar mais alguma!

Pinóquio prometeu e jurou que iria estudar e se comportar sempre bem. E manteve a palavra por todo o resto do ano. De fato, nas provas finais teve a honra de ser o melhor da escola; e o seu comportamento, em geral, foi considerado tão louvável e satisfatório que a Fada, muito contente, lhe disse:

– Amanhã finalmente seu desejo será atendido!

– E o que isso quer dizer?

– Amanhã você deixará de ser um boneco de madeira e vai se tornar um menino de bem.

Quem não viu a alegria de Pinóquio, ao ouvir essa notícia tão esperada, nunca poderá imaginá-la. Todos os amigos e colegas de escola deveriam ser convidados para, no dia seguinte, tomarem café da manhã na casa da Fada e festejarem juntos o grande acontecimento. E a Fada havia mandado preparar duzentas xícaras de café com leite e quatrocentos pãezinhos com manteiga em cima e embaixo. Prometia ser um dia lindo e alegre, mas...

Infelizmente na vida dos bonecos há sempre um *mas* que estraga tudo.

XXX.

Pinóquio, em vez de virar um menino, vai escondido com o amigo Pavio para o "País dos Brinquedos".

Como era de esperar, Pinóquio logo pediu para a Fada se podia dar uma volta na cidade para fazer os convites. E a Fada lhe disse:

– Pode ir convidar seus colegas para o café de amanhã, mas lembre-se de voltar para casa antes de anoitecer. Entendeu?

– Daqui a uma hora prometo já estar de volta – respondeu o boneco.

– Olhe lá, Pinóquio! Vocês meninos têm facilidade para prometer, mas dificuldade para cumprir o prometido.

– Mas eu não sou como os outros: quando digo uma coisa, eu cumpro.

– Veremos. Se desobedecer, pior para você.

– Por quê?

– Porque os meninos que não ouvem os conselhos de quem sabe mais que eles acabam sempre mal.

– Sei disso! – disse Pinóquio. – Mas agora não caio mais na conversa dos outros.

– Veremos se o que diz é verdade.

Sem acrescentar outras palavras, o boneco se despediu da boa Fada, que era para ele uma espécie de mãe, e cantando e dançando saiu pela porta de casa.

Em pouco mais de uma hora, todos os seus amigos foram convidados. Alguns aceitaram logo e com gosto; outros a princípio se fizeram de difíceis, mas quando souberam que os pãezinhos a mergulhar no café com leite teriam manteiga em cima e embaixo, acabaram dizendo: "Vamos também para lhe agradar".

Ora, é preciso saber que, entre os amigos e colegas de escola, Pinóquio tinha um preferido e muito querido, que se chamava Romeu, mas que todos chamavam pelo apelido de *Pavio*, pois tinha um corpinho enxuto, seco e comprido como o pavio novo de uma vela.

Pavio era o menino mais preguiçoso e levado da escola, mas Pinóquio o queria muito bem. De fato, foi logo procurá-lo em casa para convidá-lo para o café, e não o encontrou; voltou uma segunda vez, e Pavio não estava; voltou uma terceira vez, e fez o caminho em vão.

Onde encontrá-lo? Procurou aqui e ali, e finalmente o viu escondido sob o pórtico de uma casa de camponeses.

– O que está fazendo aí? – perguntou-lhe Pinóquio, se aproximando.

– Estou esperando dar meia-noite para eu ir embora...

– Para onde você vai?

– Para longe, bem longe!

– Fui procurá-lo em casa três vezes!

– E o que você queria comigo?

– Não sabe do grande acontecimento? Não sabe da sorte que eu tive?

– Que sorte?

– Amanhã vou deixar de ser boneco e virar um menino como você e todos os outros.

– Bom proveito.

– Então amanhã espero você em casa para o café.

– Mas se estou dizendo que vou embora esta noite.

– A que horas?

– Daqui a pouco.

– E para onde você vai?

– Vou morar em um país... que é o país mais bonito deste mundo: uma verdadeira diversão!...

– E como se chama?

– "País dos Brinquedos". Por que você não vem também?

– Eu? Não, eu não.

– Pois faz muito mal, Pinóquio! Acredite em mim, se não vier, vai se arrepender. Onde você vai encontrar um lugar mais saudável para nós, crianças? Lá não existem escolas, professores nem livros. Nesse país abençoado jamais se estuda. Às quintas-feiras não tem escola, e toda semana é composta por seis quintas-feiras e um domingo. Imagine que as férias de outono começam no primeiro dia de janeiro e terminam no último dia de dezembro. Lá sim é um lugar do jeito que eu gosto! Assim deveriam ser todos os países civilizados!...

– Mas como se passa o dia no "País dos Brinquedos"?

– Brincando e se divertindo da manhã até a noite. À noite, então, vamos para a cama e, na manhã seguinte, começa tudo de novo. O que você acha?

– Hum!... – fez Pinóquio, balançando de leve a cabeça como se dissesse: "essa é a vida que eu queria ter."

– Então, quer vir comigo? Sim ou não? Resolva-se.

– Não, não, já disse que não. Agora já prometi à boa Fada que me tornaria um menino de bem e quero manter a promessa. Aliás, como vejo que o sol está baixando, preciso lhe deixar e ir embora. Adeus, então, e boa viagem.

– Aonde vai com tanta pressa?

– Para casa. Minha boa Fada quer que eu volte antes de anoitecer.

– Espere mais dois minutos.

– Vou me atrasar.

– Só dois minutos.

– E se a Fada brigar comigo?

– Deixe-a brigar. Depois que brigar bastante vai se acalmar – disse o levado do Pavio.

– E como você vai? Sozinho ou acompanhado?

– Sozinho? Somos mais de cem meninos.

– E a viagem, vão fazer a pé?

– Daqui a pouco vai passar uma carroça para me pegar e me levar até a fronteira daquele país abençoado.

– Daria tudo para que a carroça passasse agora!

– Por quê?

– Para ver vocês indo embora todos juntos.

– Fique um pouco mais e verá.

– Não, não. Quero voltar para casa.

– Espere mais dois minutos.

– Já demorei demais. A Fada deve estar preocupada comigo.

– Pobre Fada! Até parece que ela tem medo que os morcegos o comam!

– Mas – acrescentou Pinóquio – tem certeza de que nesse país não existem mesmo escolas?

– Nem sombra delas.

– Nem professores?

– Nem mesmo um.

– E ninguém é obrigado a estudar?

– Nunca, nunca, absolutamente nunca!

– Que país mais lindo! – disse Pinóquio, sentindo-se tentado. – Que país mais lindo! Nunca estive lá, mas posso imaginá-lo!

– Por que não vem conosco?

– Não adianta você me tentar! Já prometi à boa Fada que viraria um menino ajuizado e não quero faltar com a palavra.

– Então, adeus, e mande lembranças para a escola ginasial!... E também para o colegial, se os encontrar pela estrada.

– Adeus, Pavio, faça uma boa viagem, divirta-se e lembre-se às vezes dos amigos.

Dito isto, o boneco deu dois passos adiante, mas depois, parando e voltando-se para o amigo, perguntou:

– Tem mesmo certeza de que nesse país todas as semanas são compostas por seis quintas-feiras e um domingo?

– Certeza.

– Tem certeza de que as férias começam em primeiro de janeiro e terminam no final de dezembro?

– Absoluta.

– Que país mais lindo! – repetiu Pinóquio, suspirando para se consolar. Depois, com o espírito decidido, acrescentou depressa:

– Então adeus e boa viagem.

– Adeus.

– Quando vocês partem?

– Daqui a duas horas!

– Que pena! Se faltasse só uma, eu poderia esperar.

– E a Fada?

– Agora já ficou tarde! Voltar uma hora antes ou depois dá no mesmo.

– Pobre Pinóquio! E se a Fada brigar com você?

– Paciência! Vou deixá-la brigar. Depois que brigar bastante vai se acalmar.

Enquanto isso, fez-se noite e uma noite escura; quando, de repente, viram se mover lá longe uma luzinha... e ouviram o som de guizos e o toque de uma trombeta tão pequena e abafada que parecia o zumbido de um pernilongo.

– Lá vem ela! – gritou Pavio, erguendo-se em pé.

– Quem? – perguntou baixinho Pinóquio.

– A carroça que vem me buscar. Então, quer vir ou não?

– Mas é mesmo verdade que nesse país os meninos nunca são obrigados a estudar? – perguntou o boneco.

– Nunca, nunca, absolutamente nunca.

– Que país mais lindo! ... que país mais lindo!... que país mais lindo!...

XXXI.

Após cinco meses de diversão, Pinóquio, surpreso, sente brotar um lindo par de orelhas de burro e se transforma num burrinho com rabo e tudo.

Finalmente a carroça chegou; e chegou sem fazer o menor barulho, pois tinha as rodas enfaixadas com panos e trapos.

Era puxada por doze pares de burrinhos, todos do mesmo tamanho, mas com o pelo diferente.

Alguns eram beges, outros, brancos; uns, cinza, manchados de preto e branco; outros, listrados de amarelo e azul-turquesa.

O estranho era que os doze pares de animais, ou melhor, os vinte e quatro burrinhos, em vez de terem ferraduras, como normalmente têm os animais de tração ou de carga, usavam botinhas brancas de gente nos pés.

E o cocheiro da carroça?

Imaginem um homenzinho mais largo que comprido, delicado e seboso como uma bola de manteiga, com as maçãs do rosto rosadinhas, uma boquinha que ria sempre e uma voz suave e meiga como a de um gato que quer agradar o bom coração de sua dona.

Todos os meninos se encantavam assim que o viam e disputavam para subir na carroça e serem levados por ele para aquela diversão verdadeira, conhecida no mapa geográfico com o nome sedutor de "País dos Brinquedos".

De fato, a carroça já estava lotada de garotos entre oito e doze anos, amontoados uns sobre os outros como sardinhas enlatadas. Estavam descômodos, esmagados, quase não conseguiam respirar, mas ninguém dizia um *ai*, ninguém reclamava. O consolo de saber que, em poucas horas, chegariam a um país onde não havia livros, nem escolas, nem professores os deixava tão contentes e resignados que não sentiam os incômodos nem o cansaço; não sentiam fome nem sede, nem sono.

Assim que a carroça parou, o Homenzinho voltou-se para Pavio e, com mil trejeitos e mil modos, perguntou-lhe sorrindo:

– Diga, meu caro jovem, quer ir também para aquele país afortunado?

– É claro que quero.

– Mas já lhe aviso, meu queridinho, que na carroça não há mais lugar. Como vê, está tudo cheio!

– Paciência! – respondeu Pavio. – Se não tem lugar dentro, posso ir sentado num varal da carroça.

E, dando um pulo, montou num dos varais.

– E você, meu amor? – disse o Homenzinho a Pinóquio, todo lisonjeiro. – O que pretende fazer? Vem conosco ou vai ficar?

– Vou ficar – respondeu Pinóquio. – Quero voltar para casa, estudar e me dar muito bem na escola como fazem todos os meninos educados.

– Bom proveito!

– Pinóquio! – disse então Pavio. – Ouça o que eu digo: venha conosco e nos divertiremos.

– Não, não e não!

– Venha conosco e nos divertiremos – gritaram outras quatro vozinhas de dentro da carroça.

– Venha conosco e nos divertiremos – gritaram juntas cem vozes de dentro da carroça.

– E se eu vier com vocês, o que dirá minha boa Fada? – disse o boneco, começando a amolecer e a se sentir balançado.

– Não se deixe levar por tanta melancolia. Pense que iremos a um país onde seremos livres para fazer bagunça da manhã até a noite!

Pinóquio não respondeu, mas deu um suspiro; depois, deu outro; depois, um terceiro, e disse finalmente:

– Abram espaço para mim, também quero ir!

– Os lugares estão todos ocupados – respondeu o Homenzinho –, mas, para demonstrar o quanto você é bem-vindo, posso lhe ceder meu lugar na frente...

– E você?

– Farei o caminho a pé.

– Não, não posso permitir que faça isso. Prefiro subir na garupa de um desses burrinhos! – gritou Pinóquio.

Dito e feito, aproximou-se do burrinho direito do primeiro par e fez menção de cavalgá-lo. Mas o bicho, virando repentinamente, deu-lhe uma focinhada no estômago e o jogou com as pernas para o ar.

Imaginem a risada inoportuna e escangalhada de todos aqueles meninos que presenciaram a cena.

Mas o Homenzinho não riu. Aproximou-se todo amoroso do burrinho rebelde e, fingindo lhe dar um beijo, arrancou metade de sua orelha direita com uma mordida.

Pinóquio, então, se levantou enfurecido do chão, deu um salto e montou na garupa do pobre animal. E o pulo foi tão bonito que os meninos pararam de rir e começaram a gritar: "Viva, Pinóquio!", aplaudindo sem parar.

Quando eis que, de repente, o burrinho ergueu as duas patas de trás e, dando um coice bem forte, arremessou o pobre boneco no meio da rua em cima de um monte de brita.

Muitas risadas de novo; mas o Homenzinho, em vez de rir, se sentiu tão dominado pelo amor por aquele burrinho irrequieto que, com um beijo, arrancou-lhe de uma vez metade da outra orelha. Depois disse para o boneco:

– Pode montar de novo e não tenha medo. Aquele burrinho tinha algum grilo na cabeça, mas dei duas palavrinhas com ele e espero que agora esteja manso e sensato.

Pinóquio montou, e a carroça começou a se mexer; mas enquanto os burrinhos galopavam e a carroça corria sobre as pedras da rua principal, o boneco teve a impressão de ouvir uma voz abafada, quase imperceptível, que lhe disse:

– Pobre trouxa! Quis fazer do seu jeito e vai se arrepender!

Pinóquio, meio amedrontado, olhou de um lado e de outro para ver de onde vinham aquelas palavras, mas não viu ninguém. Os burrinhos galopavam, a carroça corria, os meninos dentro da carroça dormiam, Pavio roncava como um porco, e o Homenzinho, sentado no banco da frente, cantarolava entre os dentes:

Todos à noite dormem
E eu não durmo nunca...

Meio quilômetro adiante, Pinóquio ouviu a mesma vozinha fraca lhe dizer:

– Saiba de uma coisa, burrinho! Os meninos que param de estudar e dão as costas aos livros, à escola e aos professores para se entregarem à brincadeira e à diversão só podem acabar mal!... Sei disso por experiência própria e posso falar! Um dia você vai chorar como eu choro hoje... mas então será tarde!...

Ao ouvir essas palavras sussurradas, o boneco, mais assustado do que nunca, pulou da garupa em que estava montado e segurou seu burro pelo focinho.

Imaginem como ficou quando percebeu que o burrinho estava chorando... e chorando como uma criança!

– Ei, senhor Homenzinho – gritou Pinóquio para o dono da carroça. – Sabe o que aconteceu? Este burrinho está chorando.

– Deixe-o chorar: quando casar sara.

– Mas vocês o ensinaram a falar?

– Não, ele aprendeu sozinho a balbuciar algumas palavras, pois esteve três anos em uma companhia de cães amestrados.

– Pobre animal!

– Vamos, vamos – disse o Homenzinho. – Não podemos perder tempo vendo um burrinho chorar. Monte de novo e vamos embora: a noite está fria, e a estrada é longa.

Pinóquio obedeceu sem dar uma palavra. A carroça retomou seu percurso; e, de manhã, ao alvorecer, chegaram felizmente ao "País dos Brinquedos".

Esse país não se parecia com nenhum outro do mundo. Sua população era formada somente por meninos. Os mais velhos tinham 14 anos, os mais novos, apenas 8. Nas ruas, uma alegria, uma barulheira, uma gritaria de enlouquecer! Bandos de moleques por toda parte: alguns brincavam de bolinha de gude, outros de disco; uns jogavam bola, outros andavam de velocípede ou de cavalinho de pau; esses brincavam de cabra-cega, aqueles de pique; outros, vestidos de palhaço, comiam fogo. Tinha menino encenando, cantando, dando saltos mortais; menino que se divertia caminhando com as mãos no chão e as pernas no ar, rodando o arco ou desfilando, vestido de general, com chapéu de jornal e espada de papelão. Uns riam, outros gritavam, chamavam, batiam palmas, assobiavam; tinha quem imitasse o cacarejo da galinha quando bota ovo. Era um pandemônio, uma falação, uma confusão dos infernos que só pondo algodão no ouvido para não ficar surdo. Nas praças se viam teatrinhos de lona lotados da manhã à noite, e, nas paredes das casas, escritas com carvão, coisas belíssimas como: "viva os *brinkedu*" (em vez de *brinquedos*); "*num qeremu mais iscola*" (em vez de *não queremos mais escolas*); "abaixo *a rimédica*" (em vez de *aritmética*) e outras pérolas do gênero.

Pinóquio, Pavio e todos os outros meninos que haviam feito a viagem com o Homenzinho, assim que puseram os pés na cidade, se enfiaram logo na grande balbúrdia e, em poucos minutos, como é fácil imaginar, ficaram amigos de todos. Quem poderia estar mais feliz, mais contente que eles?

Em meio aos contínuos passatempos contínuos e a tanta diversão, as horas, os dias, as semanas passavam num piscar de olhos.

– Ah, que bela vida! – dizia Pinóquio sempre que topava com Pavio por acaso.

– Viu como eu tinha razão? – recomeçava ele. – E pensar que você não queria vir! Que tinha posto na cabeça que queria voltar para a casa da sua Fada para perder tempo estudando! Se hoje você está livre do tédio dos livros e da escola, deve isso a mim, aos meus conselhos, aos meus cuidados, concorda? Só os verdadeiros amigos sabem fazer esses grandes favores.

– É verdade, Pavio! Se hoje sou um menino realmente feliz, é tudo mérito seu. E sabe o que o professor me dizia de você? Dizia sempre: "Não frequente aquele danado do Pavio, porque o Pavio é uma má companhia e só pode lhe dar conselhos ruins!..."

– Pobre professor! – respondeu o outro, balançando a cabeça. – Sei que ele não gostava de mim e que sempre se divertia a me caluniar, mas sou generoso e o perdoo!

– Que alma grande! – disse Pinóquio, abraçando carinhosamente o amigo e lhe dando um beijo entre os olhos.

Entretanto, já durava cinco meses essa folia de brincar e se divertir dias inteiros sem nunca ver a cara de um livro nem de uma escola, até que, uma manhã, ao acordar, Pinóquio teve uma surpresa bem ruim que o deixou muito mal-humorado.

XXXII.

Crescem em Pinóquio orelhas de burro, depois ele vira um burrinho de verdade e começa a relinchar.

E qual foi a surpresa?

Vou contar a vocês, meus caros e pequenos leitores: a surpresa foi que Pinóquio, ao acordar, coçou naturalmente a cabeça, e, ao se coçar, percebeu...

Adivinhem o que ele percebeu?

Percebeu, maravilhado, que suas orelhas tinham crescido um palmo.

Vocês sabem que o boneco, desde que nasceu, tinha orelhas bem pequenininhas: tão pequenininhas que, a olho nu, mal se viam! Imaginem como ele ficou quando descobriu que suas orelhas, durante a noite, tinham crescido tanto que pareciam duas vassouras de piaçaba.

Correu para procurar um espelho para poder se ver; mas, como não encontrou, encheu uma bacia com água do tanque, e, se espelhando na água, viu o que nunca gostaria de ter visto: viu sua imagem embelezada por um magnífico par de orelhas de burro.

Podem imaginar a dor, a vergonha e o desespero do pobre Pinóquio!

Começou a chorar, a gritar, a bater a cabeça na parede; mas, quanto mais se desesperava, mais suas orelhas cresciam e se tornavam peludas, com os pelos virados para cima.

Ao ouvir aqueles gritos agudíssimos, entrou no quarto uma linda Marmotinha, que morava no andar de cima e que, vendo o boneco em tamanha agitação, perguntou-lhe cuidadosamente:

– O que você tem, meu caro vizinho?

– Estou doente, Marmotinha, muito doente... e doente de uma doença que me dá medo! Você sabe medir o pulso?

– Um pouquinho.

– Veja se por acaso estou com febre.

A Marmotinha ergueu a pata direita da frente e, depois de apalpar o pulso de Pinóquio, lhe disse suspirando:

– Meu amigo, sinto muito por ter de lhe dar uma má notícia!

– O que é?

– Você está com um febrão!

– E que febre é essa?

– É a febre do burro.

– Não conheço essa febre! – respondeu o boneco, que infelizmente havia entendido o que era.

– Então lhe explico – acrescentou a Marmotinha. – Saiba que daqui a duas ou três horas você não será mais um boneco nem um menino...

– E o que serei?

– Daqui a duas ou três horas você vai se tornar um burrinho de verdade, como os que puxam carroças e levam repolhos e verduras para a feira.

– Ai, pobre de mim! Pobre de mim! – gritou Pinóquio, segurando as duas orelhas com as mãos e puxando-as, arrancando-as com raiva como se fossem as orelhas de outro.

– Meu querido – respondeu a Marmotinha para consolá-lo –, não há o que fazer. Este é o seu destino. Está escrito nos decretos da sabedoria que todos os meninos sem força de vontade, que não gostam dos livros, da escola e dos professores e passam os dias a brincar, jogar e se divertir, mais cedo ou mais tarde acabam se transformando em pequenos burros.

– Mas é assim mesmo? – perguntou soluçando o boneco.

– Infelizmente é assim! E agora não adianta chorar. Precisava ter pensado antes!

– Mas a culpa não é minha: a culpa, acredite, Marmotinha, é toda do Pavio!

– E quem é esse Pavio?

– Um colega meu da escola. Eu queria voltar para casa, queria ser obediente, queria continuar a estudar e ser honrado... mas o Pavio me disse: “Por que se incomodar com os estudos? Por que ir para a escola? Venha comigo ao País dos Brinquedos: lá não vamos mais estudar, vamos nos divertir o dia todo e ficar sempre contentes”.

– E por que você seguiu o conselho desse falso amigo, dessa má companhia?

– Por quê?... Porque, Marmotinha, sou um boneco sem juízo... e sem coração. Ah, se eu tivesse tido um pingo de sentimento, não teria abandonado a boa Fada, que me queria bem como uma mãe e que fez tanto por mim! E a essa hora, eu não seria mais um boneco... mas sim um menino educado como tantos outros! Ah, se eu encontrar o Pavio, ele vai ver! Vou lhe falar poucas e boas!

E fez o gesto de querer sair. Mas, ao chegar à porta, lembrou-se das orelhas de burro e, se envergonhando de mostrá-las em público, o que inventou? Pegou um grande gorro de algodão e, pondo-o na cabeça, o enfiou até a ponta do nariz.

Depois saiu e começou a procurar Pavio por toda parte. Procurou-o nas ruas, nas praças, nos teatrinhos, em todos os lugares, mas não o encontrou. Pediu notícias dele a quem encontrou pelo caminho, mas ninguém o havia visto.

Então foi procurá-lo em casa; e, ao chegar à porta, bateu.

– Quem é? – perguntou Pavio de dentro.

– Sou eu! – respondeu o boneco.

– Espere um pouco, já abro.

Depois de meia hora a porta se abriu. Imaginem a cara do Pinóquio quando, ao entrar no quarto, viu seu amigo Pavio com um grande gorro de algodão na cabeça, que ia até o nariz.

Ao ver aquele gorro, Pinóquio sentiu uma espécie de consolo e logo pensou consigo: "Será que o meu amigo está com a mesma doença? Será que ele também está com a febre do burrinho?"

E, fingindo não ter percebido nada, perguntou sorrindo:

– Como está, meu querido Pavio?

– Muito bem. Como um rato numa forma de parmesão.

– Verdade?

– E por que eu mentiria para você?

– Desculpe, amigo, então por que você está com esse gorro de algodão na cabeça cobrindo as orelhas?

– Foi o médico que recomendou, porque machuquei este joelho. E você, caro boneco, por que está usando esse gorro de algodão enfiado até o nariz?

– Foi o médico que recomendou, porque esfolei o pé.

– Ah, pobre Pinóquio!

– Ah, pobre Pavio!

A essas palavras seguiu-se um grande silêncio, durante o qual os dois amigos não fizeram outra coisa a não ser se olharem com certa ironia.

Finalmente, com vozinha doce e melodiosa, o boneco disse ao colega:

– Me tire uma curiosidade, caro Pavio: você nunca teve dor na orelha?

– Nunca! E você?

– Nunca! Mas desde hoje cedo estou com uma orelha doendo.

– Também estou.

– Também? E qual orelha está doendo?

– As duas. E você?

– As duas. Será que é a mesma doença?

– Receio que sim.

– Você me faria um favor, Pavio?

– Com prazer! De coração.

– Me deixe ver suas orelhas?

– Por que não? Mas primeiro quero ver as suas, caro Pinóquio.

– Não, primeiro você.

– Não, meu querido! Primeiro você, depois eu!

– Está bem – disse então o boneco. – Vamos fazer um trato como bons amigos.

– Que trato?

– Nós dois tiramos os gorros ao mesmo tempo. Aceita?

– Aceito.

– Então, vamos lá!

E Pinóquio começou a contar em voz alta:

– Um! Dois! Três!

No *três* os dois meninos tiraram os gorros da cabeça e jogaram para cima.

Então aconteceu uma cena que pareceria inacreditável, se não fosse verdadeira. Aconteceu que Pinóquio e Pavio, ao se virem afetados pela mesma desgraça, em vez de ficarem sentidos e sofrerem, começaram a abanar as orelhas desmesuradamente crescidas, e, depois de mil pantomimas, acabaram dando uma bela gargalhada.

E riram tanto que tinham que se segurar para não cair. Mas, na melhor parte da risada, Pavio de repente se calou. Cambaleando e mudando de cor, disse para o amigo:

– Socorro, Pinóquio, me ajude!

– O que você tem?

– Ai, meu Deus, não consigo mais ficar em pé!

– Nem eu – gritou Pinóquio, chorando e perdendo o equilíbrio.

E, enquanto diziam isso, os dois se puseram de quatro no chão e, caminhando com as mãos e com os pés, começaram a rodar e a correr pelo quarto. E, enquanto corriam, os braços viraram patas, os rostos encompridaram e viraram focinhos, e as costas se cobriram com um pelo cinza claro, malhado de preto.

Mas sabem qual foi o pior momento para os dois infelizes? O pior momento, e o mais humilhante, foi quando sentiram despontar o rabo. Vencidos, então, pela vergonha e pela dor, tentaram chorar e lamentar seus destinos.

Pois antes tivessem se calado! Em vez de gemidos e de lamentos, soltavam zurros de asno; e, zurrando sonoramente, faziam em coro: *i-ó, i-ó, i-ó*.

Nesse momento, bateram à porta, e uma voz vinda de fora disse:

– Abram! É o Homenzinho, o cocheiro que os trouxe para este país. Abram imediatamente ou vocês vão ver!

XXXIII.

Depois de virar um burrinho de verdade, Pinóquio é levado para ser vendido e é comprado pelo diretor de uma companhia de palhaços que quer ensiná-lo a dançar e a saltar arcos; mas, certa noite, fica manco, e então o compram para fazer um tambor com seu couro.

Vendo que a porta não se abria, o Homenzinho a escancarou com um chute violento. E, ao entrar no cômodo, com o sorrisinho de sempre, disse a Pinóquio e Pavio:

– Muito bem, meninos! Zurraram direitinho, logo reconheci a voz de vocês. E por isso estou aqui.

Ao ouvir essas palavras, os dois burrinhos ficaram murchos, cabisbaixos, com as orelhas caídas e o rabo entre as pernas.

A princípio, o Homenzinho os alisou, acariciou, apalpou. Depois, pegando a almofaça, começou a escová-los bem. E, quando os deixou brilhando como dois espelhos de tanto escovar, colocou o cabresto e os levou até a praça da feira, com a esperança de vendê-los e de ganhar algum dinheiro.

E, de fato, os compradores não tardaram a aparecer.

Pavio foi comprado por um camponês, cujo jumento havia morrido no dia anterior, e Pinóquio foi vendido para o diretor de uma companhia de palhaços e puladores de corda, que o comprou para amestrá-lo e fazê-lo saltar e dançar junto com outros animais da companhia.

Entenderam agora, meus pequenos leitores, qual era o trabalho do Homenzinho? Aquele monstrengo horrível, que tinha uma aparência toda dócil, de vez em quando rodava por aí com uma carroça e recolhia pelo caminho, fazendo promessas e agrados, todos os meninos preguiçosos, que não gostavam de livros nem de escola. E, depois de carregá-los na carroça, os conduzia ao "País dos Brinquedos" para que passassem o tempo todo entre brincadeiras, algazarra e diversão. Quando então aqueles pobres meninos iludidos, de tanto brincar e nunca estudar, viravam verdadeiros burrinhos, se apossava deles alegre e contente, e os levava para vender nas feiras e nos mercados. E assim, em poucos anos, fez uma fortuna e se tornou milionário.

O que aconteceu com Pavio não sei; sei, porém, que Pinóquio, desde os primeiros dias, foi ao encontro de uma vida muito dura e puxada.

Quando foi levado para o estábulo, o novo dono encheu o cocho de palha, mas Pinóquio, depois de experimentar uma bocada, cuspiu-a.

O dono, então, reclamando, encheu o cocho de feno, mas nem do feno ele gostou.

– Ah, nem do feno você gosta? – gritou o dono irritado. – Deixe estar, belo burrinho, se continuar enjoado assim, você vai ver como dou um jeito nisso!

E, para corrigi-lo, deu logo uma chicotada em suas pernas. Sentindo muita dor, Pinóquio se pôs a chorar e a zurrar, e, zurrando, disse:

– I-ó, i-ó, a palha não consigo digerir!

– Então coma o feno! – respondeu o dono, que conhecia muito bem o dialeto dos asnos.

– I-ó, i-ó, o feno me dá dor no corpo!

– E você achou então que um jumento como você seria tratado com peito de frango e galantina de capão? – acrescentou o dono, cada vez mais bravo e lhe dando uma segunda chicotada.

Na segunda chicotada, por prudência, Pinóquio logo se calou e não disse mais nada.

Enquanto isso, fecharam o estábulo, e Pinóquio ficou sozinho. Como não comia há muitas horas, começou a bocejar de fome. E, bocejando, abria um bocão que parecia um forno.

Por fim, não encontrando mais nada no cocho, resignou-se a comer um pouco de feno; e, depois de mastigá-lo bem, fechou os olhos e o mandou goela abaixo.

– Até que esse feno não é tão ruim – disse consigo –, mas como seria melhor se eu tivesse continuado a estudar! A essa hora, em vez de feno, poderia comer uma pontinha de pão fresco e uma bela fatia de salame! Paciência!

Na manhã seguinte, ao acordar, foi procurar no cocho mais um pouco de feno e não encontrou, pois havia comido tudo na noite anterior.

Então comeu uma bocada de palha picada; mas, enquanto mastigava, se deu conta de que o sabor da palha picada não era nada parecido com risoto à milanesa nem com macarrão à napolitana.

– Paciência! – repetiu, continuando a mastigar. – Que a minha desgraça sirva ao menos de lição para os meninos desobedientes e sem vontade de estudar. Paciência! Paciência!

– Paciência nada! – gritou o dono, entrando no estábulo naquele instante. – Você acha, meu lindo burrinho, que o comprei só para lhe dar de beber e comer? Comprei você para trabalhar e me fazer ganhar muito dinheiro. Então, vamos lá! Venha comigo para o circo, e lá vou lhe ensinar a saltar arcos, quebrar tonéis com a cabeça e dançar valsa e polca em pé sobre as pernas de trás.

Gostando ou não, o pobre Pinóquio teve que aprender todas essas coisas belíssimas; mas, para aprendê-las, foram necessários três meses de aulas e muitas chicotadas de arrancar o pelo.

Chegou finalmente o dia em que seu dono pôde anunciar um espetáculo realmente extraordinário. Os cartazes coloridos, afixados nos cantos das ruas, diziam assim:

GRANDE ESPETÁCULO DE GALA

*****

ESTA NOITE

TEREMOS OS TRADICIONAIS SALTOS

E EXERCÍCIOS SURPREENDENTES

EXECUTADOS POR TODOS OS ARTISTAS

E CAVALOS DE AMBOS OS SEXOS DA COMPANHIA

e mais

APRESENTAREMOS PELA PRIMEIRA VEZ O FAMOSO

BURRINHO PINÓQUIO,

CONHECIDO COMO

A ESTRELA DA DANÇA

O teatro terá iluminação especial.

Naquela noite, como podem imaginar, uma hora antes do início do espetáculo, o teatro já estava abarrotado.

Não havia nem poltrona, nem camarote, nem lugar na plateia, mesmo pagando a preço de ouro.

A arquibancada do Circo formigava de meninos, meninas e crianças de todas as idades, que ansiavam por ver o famoso burrinho Pinóquio dançar.

Terminada a primeira parte do espetáculo, o diretor da companhia, vestindo fraque preto, calça branca colada e botas de couro até em cima dos joelhos, apresentou-se ao público, apinhado de gente, e, fazendo uma reverência, declamou solenemente o seguinte discurso sem nexo:

– Respeitável público, damas e cavalheiros! O humilde subscritor, estando de passagem por esta ilustre metrópole, quis procriar a honra e o prazer de apresentar, a este inteligente e conspícuo auditório, um célebre burrinho, que já teve a honra de dançar aos olhos de Sua Majestade o Imperador de todas as principais Cortes da Europa. Colhemos a ocasião para lhes agradecer e, com a ajuda da sua presença animadora, tenham piedade de nós!

Esse discurso foi acolhido com muitas risadas e muitos aplausos; mas os aplausos dobraram e se tornaram uma espécie de furacão quando o burrinho Pinóquio apareceu no picadeiro. Ele estava todo enfeitado para a festa. Usava uma rédea nova, de couro brilhante, com fivelas e tachinhas de cobre; duas camélias brancas nas orelhas; a crina dividida em vários cachos amarrados por lacinhos vermelhos de seda; uma grande faixa dourada e prateada passando pela barriga, e o rabo todo trançado com fitas de veludo amaranto e celeste. Era um burrinho encantador!

Ao apresentá-lo ao público, o diretor acrescentou estas palavras:

– Meus respeitáveis auditores! Não estarei aqui a mentir sobre as grandes dificuldades sofridas para compreender e sujeitar este mamífero, enquanto pastava livremente de montanha a montanha nas planícies do sertão. Observem, por favor, quanta selvageria transpira de seus olhos, pois que, sendo vaidosos todos os meios para domesticá-lo à vida dos quadrúpedes civilizados, tive que recorrer, muitas vezes, ao afável dialeto do chicote. Mas toda a minha gentileza, em vez de fazê-lo querer-me bem, aumentou maiormente a maldade da sua alma. Eu, porém, seguindo o sistema de Galles, encontrei em seu crânio uma pequena cartilagem óssea que a própria Faculdade medicinal de Paris reconheceu ser o bulbo regenerador dos cabelos e da dança de Pirro. Por isso quis amestrá-lo à dança e aos saltos nos arcos e tonéis de madeira. Admirem-no e depois o julguem! Antes, porém, que ele seja da cognação dos senhores, permitam-me convidá-los para o diurno espetáculo de amanhã à noite. Mas, na apoteose do tempo chuvoso ameaçar água, então o espetáculo, em vez de amanhã à noite, será adiado para amanhã de manhã às onze antimeridianas da tarde.

O diretor, então, fez outra grande reverência; e se dirigindo a Pinóquio, disse:

– Ânimo, Pinóquio! Antes de iniciar seus exercícios, cumprimente este respeitável público, cavalheiros, damas e crianças!

Pinóquio, obediente, dobrou logo os joelhos da frente até o chão e ficou ajoelhado até o diretor gritar, refestelando o chicote:

– Ao passo!

Então o burrinho se ergueu sobre as quatro pernas e começou a rodar no picadeiro, andando sempre ao passo.

Pouco depois, o diretor gritou:

– Ao trote! – e Pinóquio, obedecendo ao comando, mudou de passo para trote.

– A galope! – e Pinóquio começou a galopar.

– A carreira! – e Pinóquio começou a correr com muita rapidez.

Mas, enquanto corria como um puro-sangue, o diretor, erguendo o braço no ar, disparou um tiro de pistola.

Ao ouvir o tiro, o burrinho, fingindo-se ferido, caiu deitado no chão como se fosse um moribundo de verdade.

Erguendo-se do chão em meio a uma explosão de gritos e aplausos, que iam até as estrelas, veio-lhe um movimento natural de levantar a cabeça e olhar para cima... e, olhando, viu na arquibancada uma bela senhora, com um grande colar de ouro no pescoço, do qual pendia um medalhão. No medalhão estava pintado o retrato de um boneco.

– Aquele retrato é meu!... aquela senhora é a Fada! – pensou consigo Pinóquio, reconhecendo-a imediatamente; e, tomado de alegria, tentou gritar:

– Ei, minha Fadinha! Ei, minha Fadinha!

Mas, em vez dessas palavras, saiu de sua garganta um zurro tão sonoro e longo que fez todos os espectadores rirem, principalmente as crianças que estavam no teatro.

Então o diretor, para ensiná-lo e fazê-lo entender que não é bom costume pôr-se a zurrar na cara do público, deu um baquetada em seu nariz com o punho do chicote.

O pobre burrinho, estendendo um palmo de língua para fora, ficou lambendo o nariz por uns cinco minutos, acreditando assim estancar a dor que havia sentido.

Mas qual não foi o seu desespero quando, ao olhar para cima uma segunda vez, viu que a arquibancada estava vazia e que a Fada havia desaparecido!

Sentiu como se tivesse morrido; seus olhos se encheram de lágrimas e começou a chorar sem parar. Mas ninguém percebeu e, menos ainda, o diretor, que, ao contrário, estalando o chicote, gritou:

– Muito bem, Pinóquio! Agora mostre a estes senhores com quanta graça você sabe saltar os arcos.

Pinóquio tentou duas ou três vezes; mas cada vez que chegava em frente ao arco, em vez de atravessá-lo, passava comodamente embaixo dele. Por fim, deu um pulo e o atravessou; mas as pernas de trás infelizmente ficaram presas no arco, e, por isso, ele esborrachou no chão do outro lado.

Quando se levantou, estava manco, e mal pôde voltar para o estábulo.

– Queremos ver Pinóquio! Queremos o burrinho! Queremos o burrinho! – gritavam as crianças da plateia, com pena e achando triste o que havia acontecido.

Mas o burrinho, naquela noite, não apareceu mais.

Na manhã seguinte, o veterinário, ou melhor, o médico dos animais, ao examiná-lo, declarou que ele ficaria manco para o resto da vida.

Então o diretor disse ao seu ajudante de estábulo:

– O que vou fazer com um jumento manco? Seria só mais um para comer de graça. Leve-o para a praça e o venda.

Chegando à praça, logo encontraram um comprador, que perguntou ao ajudante de estábulo:

– Quanto você quer por esse burrinho manco?

– Vinte liras.

– Lhe dou vinte soldos. Mas não pense que compro o burrinho para usá-lo: vou comprá-lo só por causa do couro. Vejo que ele tem o couro bem duro, e, com ele, quero fazer um tambor para a banda de música da minha cidade.

Vocês podem imaginar o quão prazeroso foi para o pobre Pinóquio ouvir que estava destinado a virar tambor!

Fato é que o comprador, assim que pagou os vinte soldos, levou o burrinho até um rochedo na beira do mar. E, depois de colocar uma pedra em seu pescoço e amarrar uma de suas patas com a corda que tinha nas mãos, deu-lhe um empurrão de repente, e o jogou na água.

Pinóquio, com aquela pedra no pescoço, logo afundou; e o comprador, segurando sempre a corda na mão, sentou-se no rochedo, esperando que o burrinho tivesse todo o tempo de morrer afogado para depois arrancar seu couro.

XXXIV.

Pinóquio, ao ser jogado no mar, é comido pelos peixes e volta a ser um boneco como antes; mas, enquanto nada para se salvar, é engolido pelo Tubarão.

Passados cinquenta minutos que o burrinho estava debaixo d'água, o comprador disse consigo:

– A esta hora o meu pobre burrinho manco já deve estar bem afogado. Vamos tirá-lo da água e fazer com seu couro o lindo tambor.

E começou a puxar a corda, que estava amarrada a uma das pernas; puxou, puxou, puxou e, no final, adivinhem o que viu surgir na superfície da água? Em vez de um burrinho morto, viu surgir na superfície da água um boneco vivo, que se mexia feito uma enguia.

Vendo aquele boneco de madeira, o pobre homem achou que estava sonhando e ficou atônito, com a boca aberta e os olhos arregalados.

Recuperando-se um pouco do baque, disse, chorando e balbuciando:

– E o burrinho que eu joguei no mar, onde está?

– O burrinho sou eu! – respondeu o boneco, rindo.

– Você?

– Eu.

– Ah, malandro! Quer zombar de mim?

– Zombar de você? De jeito nenhum, caro patrão. Estou falando sério.

– Mas como é que você, que agora há pouco era um burrinho, ficou na água e virou um boneco de madeira?

– Talvez tenha sido o efeito da água do mar. O mar apronta essas brincadeiras.

– Olhe, boneco! Não pense que pode se divertir à minha custa. Ai de você se eu perder a paciência.

– Está bem, patrão: quer saber a história verdadeira? Solte a minha perna que eu lhe conto.

O comprador atrapalhado, curioso para conhecer a história verdadeira, logo soltou o nó da corda que o mantinha amarrado. E então Pinóquio, sentindo-se livre como um pássaro no ar, disse assim:

– Pois saiba que eu era um boneco de madeira como sou hoje, e estava por um fio de me transformar em um menino como tantos outros neste mundo. Mas, por causa da minha pouca vontade de estudar e por ter dado ouvido às más companhias, fugi de casa... e, um belo dia, ao acordar, vi que tinha me transformado num burro com orelhas desse tamanho... e um rabo desse tamanho! Que vergonha eu senti! Uma vergonha, caro patrão, que o bendito Santo Antonio não lhe faça experimentar! Depois de ter sido levado à feira de asnos, fui comprado pelo diretor de uma companhia equestre, que pôs na cabeça que ia me transformar em um grande bailarino e saltador de arcos. Mas, uma noite, durante o espetáculo, tive uma queda feia no teatro e fiquei manco das duas pernas. Então, o diretor, não sabendo o que fazer com um asno manco, mandou que me vendessem, e você me comprou!

– Infelizmente! E paguei vinte soldos por você. E agora quem me devolve os meus pobres vinte soldos?

– E você me comprou para quê? Para fazer um tambor com a minha pele!... um tambor!

– Infelizmente! E agora onde vou encontrar outra pele?

– Não se desespere, patrão. Há tantos burrinhos neste mundo!

– Mas, me diga, moleque impertinente: a sua história termina aqui?

– Não – respondeu o boneco. – Só mais duas palavras e acaba. Depois de ter me comprado, você me trouxe aqui para me matar; mas então, cedendo a um sentimento piedoso de humanidade, preferiu amarrar uma pedra ao meu pescoço e me jogar no fundo do mar. Este sentimento de delicadeza o honra muito, e irei reconhecê-lo eternamente. Porém, caro patrão, você não contava com a Fada...

– E quem é essa Fada?

– É a minha mãezinha, que se parece com todas as boas mães que querem muito bem aos seus filhos e não os perdem de vista, e os ajudam amorosamente em todas as desgraças, até quando esses filhos, por malandragem e mau comportamento, mereceriam ser abandonados e deixados à mercê de si mesmos. Eu dizia, então, que a boa Fada, quando viu que eu corria o risco de me afogar, mandou depressa um cardume enorme de peixes, que, achando realmente que eu fosse um burrinho morto, começaram a me comer! E que mordidas davam! Nunca imaginaria que os peixes fossem mais gulosos que os meninos! Uns comeram as minhas orelhas, outros o focinho, uns o pescoço e a crina, outros a pele das patas, o pelo das costas... e teve um peixinho atrevido que foi capaz até de comer a minha cauda.

– De hoje em diante – disse o comprador horrorizado – juro não provar mais carne de peixe. Não seria nada agradável abrir um peixe trilha ou um badejo frito e encontrar no corpo deles um rabo de burro!

– Também acho – respondeu o boneco, rindo. – No mais, quando os peixes acabaram de comer toda a casca de burro, que me cobria da cabeça aos pés, chegaram, como é natural, ao osso... ou melhor, à madeira, pois como você pode ver sou feito de uma madeira bem dura. Mas, depois de dar as primeiras mordidas, aqueles peixinhos gulosos logo perceberam que a madeira não era carne para os seus dentes e, nauseados com aquela comida indigesta, foram embora uns para cá outros para lá, sem nem virar para trás e agradecer... Eis então por que você, ao puxar a corda, encontrou um boneco vivo em vez de um burrinho morto.

– Essa história não tem graça nenhuma – gritou o comprador furioso... – Só sei que gastei vinte soldos para comprar você e quero o meu dinheiro de volta. Sabe o que vou fazer? Levá-lo de novo ao mercado e vender a peso a sua madeira seca para acender o fogo da lareira.

– Pode me revender, ficarei contente – disse Pinóquio.

Mas, ao dizer isso, deu um belo pulo e se atirou no meio da água. Nadando alegremente e se afastando da praia, gritava para o pobre comprador:

– Adeus, patrão. Se precisar de uma pele para fazer tambor, lembre-se de mim.

Então ria e continuava a nadar; um pouco depois, voltando-se para trás, gritava mais forte:

– Adeus, patrão. Se precisar de um pouco de lenha seca para acender a lareira, lembre-se de mim.

Fato é que num piscar de olhos ele havia se afastado tanto que quase não era mais possível vê-lo: na superfície do mar só dava para ver um pontinho preto, que, de vez em quando, erguia as pernas para fora d'água, dava cambalhotas e pulava como um golfinho quando está de bom humor.

Enquanto Pinóquio nadava a esmo, viu no meio do mar um recife, que parecia de mármore branco; e, em cima do recife, uma linda cabritinha que berrava amorosamente e fazia sinal para que ele se aproximasse.

Mas a coisa estranha era que a lã da cabritinha, em vez de ser branca, preta ou malhada de preto e branco como todas as cabras, era azul-turquesa, mas de um turquesa tão resplandecente que lembrava muito os cabelos da linda Menina.

Imaginem se não começou a bater forte o coração de Pinóquio! Com o dobro de força e de energia, pôs-se a nadar em direção ao recife; e já estava na metade do caminho quando eis que surge da água e vem em sua direção uma horrível cabeça de monstro marinho, com a boca escancarada, como um redemoinho, e três fileiras de presas que dariam medo até se fossem pintadas.

E sabem quem era aquele monstro marinho?

Aquele monstro marinho era nada mais nada menos que o Tubarão, lembrado tantas vezes nesta história; aquele que, pela carnificina e insaciável voracidade, era apelidado de "Átila dos peixes e dos pescadores".

Imaginem o susto do pobre Pinóquio ao ver o monstro. Tentou se esquivar, mudar de rumo; tentou fugir, mas aquela boca imensa escancarada vinha sempre na direção dele com a velocidade de uma flecha.

– Depressa, Pinóquio, por favor! – berrava a linda cabritinha.

E Pinóquio nadava desesperadamente com os braços, o peito, as pernas e os pés.

– Rápido, Pinóquio, o monstro está se aproximando!

E Pinóquio, reunindo todas as forças, se empenhava em dobro.

– Cuidado que o monstro está alcançando você!... Está logo ali!... Logo ali!... Depressa, por favor, ou estará perdido!

E Pinóquio continuava nadando mais depressa que nunca, disparando como uma bala de espingarda. Já estava bem perto do recife, e a cabritinha se inclinava em direção ao mar, estendendo as patinhas da frente para ajudá-lo a sair da água!...

Mas era tarde demais! O monstro o havia alcançado; aspirando, engoliu o pobre boneco como quem come um ovo de galinha; e o engoliu com tanta violência e com tanta avidez que Pinóquio, ao cair dentro do corpo do Tubarão, bateu tão forte que ficou atordoado por uns 15 minutos.

Quando voltou a si, não conseguia entender em que mundo estivesse. Ao seu redor, por toda parte, estava escuro; mas um escuro tão negro e profundo que parecia que tinha enfiado a cabeça num vidro cheio de tinta.

Ficou escutando e não ouviu barulho algum; só de vez em quando sentia baterem em seu rosto umas rajadas de vento. A princípio, não compreendia de onde saía aquele vento, mas depois entendeu que vinha dos pulmões do monstro. Pois é preciso saber que o Tubarão sofria muito de asma, e, quando respirava, parecia estar batendo o vento norte.

Pinóquio, no início, tentou criar coragem, mas quando teve a prova e a confirmação de que estava preso no corpo do monstro marinho, começou a chorar e a gritar. E, chorando, dizia:

– Socorro! Socorro! Pobre de mim! Alguém pode vir me salvar?

– Quem você quer que lhe salve, infeliz? – disse naquele escuro um vozeirão de taquara rachada.

– Quem é que está falando assim? – perguntou Pinóquio, gelando de medo.

– Sou eu, um pobre atum, engolido pelo Tubarão junto com você. E você, que peixe é?

– Não tenho nada a ver com os peixes. Sou um boneco.

– Então, se não é um peixe, por que você deixou o monstro o engolir?

– Não deixei, mas ele me engoliu! E agora, o que vamos fazer aqui no escuro?

– Nos resignar e esperar que o Tubarão nos digira!

– Mas eu não quero ser digerido! – gritou Pinóquio, tornando a chorar.

– Nem eu – acrescentou o Atum –, mas sou bem filósofo e me consolo pensando que, quando nascemos Atuns, é mais digno morrer na água do que no óleo!

– Tolices! – gritou Pinóquio.

– Esta é a minha opinião – respondeu o Atum –, e as opiniões, como dizem os Atuns políticos, devem ser respeitadas!

– Enfim... quero ir embora daqui... quero fugir...

– Fuja se for capaz!

– É muito grande esse Tubarão que nos engoliu? – perguntou o boneco.

– Imagine que o corpo dele tem mais de um quilômetro sem contar a cauda.

Enquanto conversavam no escuro, Pinóquio teve a impressão de avistar lá longe uma espécie de clarão.

– O que será aquela luzinha lá longe? – disse Pinóquio.

– Será um nosso companheiro de desventura, que espera como nós o momento de ser digerido!

– Vou até lá. Quem sabe é algum velho peixe capaz de me ensinar o caminho para fugir?

– Tomara que sim, caro boneco.

– Adeus, Atum.

– Adeus, boneco, e boa sorte.

– Onde nos veremos de novo?

– E quem sabe? Melhor nem pensar!

XXXV.

Pinóquio encontra no corpo do Tubarão... sabem quem? Leiam este capítulo e vão saber.

Assim que disse adeus a seu bom amigo Atum, Pinóquio seguiu às cegas naquele escuro e começou a caminhar tateando o corpo do Tubarão por dentro, um passo depois do outro em direção ao pequeno clarão que via reluzir lá longe.

E, ao caminhar, sentia seus pés chafurdarem numa poça de água gordurosa e escorregadia; e aquela água tinha um cheiro tão forte de peixe frito que lhe parecia estar no meio da quaresma.

E quanto mais ia adiante, mais brilhante e intenso era o clarão; até que, então, depois de muito caminhar, finalmente chegou. E quando chegou... o que encontrou? Duvido que adivinhem: encontrou uma pequena mesa posta e, sobre ela, uma vela acesa, enfiada em uma garrafa de vidro verde. Sentado à mesa, um velhinho de cabelos grisalhos como neve ou chantili, que beliscava uns peixinhos vivos, mas tão vivos, que quando os comia às vezes lhes escapavam da boca.

Vendo aquilo, o pobre Pinóquio sentiu uma alegria tão grande e inesperada que quase enlouqueceu. Queria rir, queria chorar, queria dizer um monte de coisas; e, em vez disso, gaguejava confuso e balbuciava palavras pela metade. Até que, finalmente, conseguiu lançar um grito de alegria e, abrindo os braços e se atirando ao colo do velhinho, começou a gritar:

– Ah, meu paizinho! Finalmente o encontrei! Pois agora não o deixo mais, nunca mais!

– Então é verdade o que estou vendo? – respondeu o velhinho, esfregando os olhos. – Você é mesmo o meu querido Pinóquio?

– Sim, sou eu, sou eu mesmo! O senhor já me perdoou, não é verdade? Ah, meu caro paizinho, como o senhor é bondoso! Já eu... Ah, mas se o senhor soubesse quantas desgraças caíram sobre a minha cabeça e quantas coisas ruins me aconteceram! Imagine, pobre paizinho, que, no dia em que o senhor vendeu seu casaco para comprar minha cartilha da escola, eu escapei para ver as marionetes; e o bonequeiro queria me pôr no fogo para assar o cordeiro, o mesmo bonequeiro que depois me deu cinco moedas de ouro para dar para o senhor. Mas encontrei no caminho a Raposa e o Gato, que me levaram para o restaurante do Camarão Vermelho, onde comeram como lobos e, indo embora de noite sozinho, encontrei uns bandidos que começaram a correr atrás de mim; eu corria, e eles vinham atrás, eu corria, e eles sempre atrás, eu corria, até que me enforcaram num galho do grande Carvalho, onde a bela Menina de cabelos turquesa mandou me buscar com uma carruagem; e os médicos, quando me examinaram, logo disseram: "Se não está morto, é sinal de que está sempre vivo", e então me escapou uma mentira, e meu nariz começou a crescer e não passava mais pela porta do quarto, e, por isso, fui com a Raposa e com o Gato enterrar as quatro moedas de ouro, que uma eu tinha gastado no restaurante, e o papagaio se pôs a rir, e eu também, das duas mil moedas que nunca encontrei; e o juiz, quando soube que eu tinha sido roubado, me fez ir para prisão para dar uma satisfação aos ladrões; e então, quando fui embora, vi um belo cacho de uva no campo e fiquei preso à armadilha; e o camponês, com toda razão, colocou a coleira de cachorro em mim para que eu vigiasse o galinheiro, e reconheceu a minha inocência e me deixou ir embora; e a Serpente, com a cauda soltando fumaça, começou a rir, e uma veia do peito dela arrebentou; e assim voltei para a Casa da linda Menina, que estava morta, e o Pombo, me vendo chorar, disse: "Vi seu pai construindo um barquinho para ir lhe procurar", e eu lhe disse: "Ah! Se eu também tivesse asas", e ele me disse: "Quer encontrar o seu pai?", e eu lhe disse: "Adoraria, mas quem me leva?", e ele me disse: "Eu levo você", e eu disse: "Como?", e ele me disse: "Monte na minha garupa", e então voamos a noite toda e, de manhã, todos os pescadores que olhavam para o mar disseram: "Há um pobre homem num barquinho que está se afogando", e eu de longe, logo o reconheci, pois meu coração me dizia, e você fez sinal de que voltaria para a praia...

– Também reconheci você – disse Geppetto – e teria voltado à praia com muito prazer, mas de que jeito? O mar estava agitado e as ondas gigantes viraram o barquinho. Então um horrível Tubarão que estava por ali, assim que me viu na água, veio na minha direção e, pondo a língua para fora, me segurou forte e me engoliu como um *tortellino* de Bolonha.

– E há quanto tempo você está preso aqui dentro? – perguntou Pinóquio.

– Desde aquele dia, já deve fazer uns dois anos; dois anos que me pareceram dois séculos, meu Pinóquio!

– E como você fez para sobreviver? Onde encontrou essa vela? E os fósforos para acendê-la, quem lhe deu?

– Já vou lhe contar. É que a mesma tempestade, que virou meu barquinho, fez afundar um navio mercante. Os marinheiros se salvaram, mas o navio afundou, e o mesmo Tubarão, que naquele dia estava com um apetite excelente, depois de me engolir, engoliu também o navio...

– O quê? Engoliu o navio com uma mordida?... – perguntou Pinóquio maravilhado.

– Com uma mordida; só cuspiu o mastro, que ficou enroscado em seus dentes como uma espinha de peixe. Para a minha sorte, o navio estava carregado de carne conservada em latas de estanho, biscoitos, pão torrado, garrafas de vinho, uva-passa, queijo, café, açúcar, velas de estearina e caixas de fósforos de cera. Com toda essa graça de Deus pude me virar por dois anos; mas agora estamos nas últimas migalhas; agora na dispensa não há mais nada, e esta vela que você vê acesa é a última vela que sobrou...

– E depois?

– E depois, meu querido, ficaremos no escuro.

– Então, meu paizinho – disse Pinóquio –, não há tempo a perder. Precisamos imediatamente pensar em fugir...

– Fugir? Mas como?

– Escapando pela boca do Tubarão e nos jogando a nado no mar.

– O que diz faz sentido: mas eu, caro Pinóquio, não sei nadar.

– E que importância isso tem? Você monta nas minhas costas e eu, que sou um bom nadador, levo você são e salvo até a praia.

– Ilusões, meu rapaz! – respondeu Geppetto, balançando a cabeça e sorrindo melancolicamente. – Acha que um boneco de apenas um metro como você vai ter força para me levar a nado nas costas?

– Experimente e verá! De todo modo, se estiver escrito nas estrelas que temos que morrer, ao menos teremos o consolo de morrermos juntos e abraçados.

E, sem dizer mais nada, Pinóquio pegou na mão a vela e, indo na frente para iluminar, disse ao pai:

– Venha atrás de mim e não tenha medo.

E assim caminharam um bocado e atravessaram todo o corpo e todo o estômago do Tubarão. Mas, ao chegarem ao ponto onde começava a grande garganta do monstro, resolveram parar para dar uma olhada e aproveitar o momento certo para fugir.

Ora, é preciso saber que o Tubarão, sendo muito velho e sofrendo de asma e de palpitação, era obrigado a dormir com a boca aberta. Por isso, Pinóquio, inclinando-se no começo da garganta e olhando para cima, pôde ver, lá fora daquela enorme boca escancarada, um belo pedaço de céu estrelado e uma lindíssima luz de lua.

– Este é o momento certo para escapar – cochichou então, voltando-se para o pai. – O Tubarão está dormindo como um porco; o mar está tranquilo, e, lá fora, dá para enxergar como se fosse dia. Venha atrás de mim, paizinho, e daqui a pouco estaremos salvos.

Então, subiram pela garganta do monstro marinho, e, ao chegar naquela imensa boca, começaram a caminhar na ponta dos pés sobre a língua: uma língua tão larga e tão comprida que parecia a alameda de um jardim. E já estavam quase para pular e se lançar a nado no mar, quando, na melhor hora, o Tubarão espirrou; e, ao espirrar, deu um tranco tão violento que Pinóquio e Geppetto foram jogados para trás e arremessados de novo no fundo do estômago do monstro.

Com o impacto da queda, a vela se apagou, e pai e filho ficaram no escuro.

– E agora?... – perguntou Pinóquio com ar sério.

– Agora, meu menino, estamos perdidos.

– Por que perdidos? Me dê a mão, paizinho, e cuidado para não escorregar!

– Aonde você vai me levar?

– Temos que tentar fugir de novo. Venha comigo e não tenha medo.

Dizendo isso, Pinóquio segurou a mão do pai e, caminhando sempre na ponta dos pés, subiram juntos pela garganta do monstro; depois, atravessaram a língua toda e escalaram as três fileiras de dentes. Antes de dar o grande salto, porém, o boneco disse a seu pai:

– Monte nas minhas costas e me abrace bem forte. No resto penso eu.

Assim que Geppetto se acomodou bem nas costas do filho, Pinóquio, seguro do que fazia, jogou-se na água e começou a nadar. O mar estava tranquilo como uma pintura, a lua esplendia com todo o seu brilho, e o Tubarão continuava a dormir um sono tão profundo que não acordaria nem com uma bala de canhão.

XXXVI.

Finalmente Pinóquio deixa de ser um boneco e se torna um menino.

Enquanto Pinóquio nadava depressa para alcançar a praia, notou que o pai, que estava montado em suas costas e com as pernas na água, tremia muito, como se o pobre homem tivesse uma febre terçã.

Tremia de frio ou de medo? E quem sabe? Talvez um pouco de cada. Mas Pinóquio, achando que aquele tremido fosse de medo, disse para confortá-lo:

– Coragem, papai! Em poucos minutos pisaremos em terra e estaremos salvos.

– E onde está essa bendita praia? – perguntou o velhinho cada vez mais inquieto e apertando os olhos como fazem os costureiros ao enfiar a linha na agulha. – Olho para todos os lados e não vejo nada além de céu e mar.

– Mas eu estou vendo a praia – disse o boneco. – Para o seu conhecimento, sou como os gatos: enxergo melhor de noite do que de dia.

O pobre Pinóquio fingia estar de bom humor, mas na verdade começava a desanimar; suas forças estavam acabando e a respiração se tornando pesada e ofegante... Já não aguentava mais, e a praia estava sempre distante.

Nadou enquanto tinha fôlego; e, então, voltou-se para Geppetto e disse com palavras interrompidas:

– Paizinho... me ajude... estou morrendo!

Pai e filho estavam quase se afogando, quando ouviram uma voz de taquara rachada, dizendo:

– Quem está morrendo?

– Eu e meu pobre pai!

– Conheço essa voz! Você é o Pinóquio!

– Isso, e você?

– Sou o Atum, seu companheiro de prisão no corpo do Tubarão.

– Como fez para escapar?

– Segui o seu exemplo. Você me ensinou o caminho e, depois de você, eu também fugi.

– Meu amigo Atum, que bom encontrá-lo bem agora! Pelo amor que você tem por seus filhos atunzinhos, nos ajude ou estamos perdidos.

– Com todo prazer e de coração. Segurem firme na minha cauda e deixem que os guie. Em quatro minutos, levo vocês até areia.

Como podem imaginar, Geppetto e Pinóquio logo aceitaram o convite. Mas, em vez de segurarem na cauda, acharam mais cômodo irem sentados na garupa do Atum.

– Somos pesados demais? – perguntou-lhe Pinóquio.

– Pesados? De jeito nenhum, parece até que estou carregando duas conchas vazias – respondeu o Atum, que tinha uma corporatura tão grande e robusta que parecia um novilho de dois anos.

Chegando lá, Pinóquio desceu primeiro para poder ajudar seu pai, e então se voltou para o Atum e lhe disse comovido:

– Meu amigo, você salvou o meu pai! Não tenho palavras para lhe agradecer! Deixe-me ao menos lhe dar um beijo em sinal de eterno reconhecimento!

O Atum tirou o focinho fora da água e Pinóquio, ajoelhando no chão, pousou-lhe um afetuosíssimo beijo na boca. Diante desse gesto espontâneo e intenso de ternura, o pobre Atum, que não era acostumado, ficou tão comovido que mergulhou de volta a cabeça na água e desapareceu, com vergonha de que o vissem chorar como uma criança.

Enquanto isso, amanhecera.

Então Pinóquio, oferecendo o braço a Geppetto, que tinha fôlego apenas para se manter em pé, disse:

– Apoie-se em mim, querido paizinho, e vamos. Vamos caminhando devagarinho, como duas formigas, e, quando estivermos cansados, paramos para descansar.

– E aonde vamos? – perguntou Geppetto.

– Procurar uma casa ou uma cabana onde nos deem por caridade um pedaço de pão e um pouco de palha que nos sirva de cama.

Ainda não tinham dado cem passos e viram sentadas na beira da estrada duas figuras sinistras, que estavam ali pedindo esmola.

Eram o Gato e a Raposa, mas estavam irreconhecíveis. Imaginem que o Gato, de tanto fingir-se cego, acabou ficando cego de verdade; e a Raposa, envelhecida, pelada e toda curvada de um lado, não tinha sequer a cauda. Pois é. A triste ladrazinha, que caiu na mais esquálida miséria, um dia foi obrigada a vender até sua linda cauda a um mercador ambulante, que a comprou para fazer um mata-moscas.

– Ei, Pinóquio – gritou a Raposa com voz chorosa –, faça uma caridade para estes pobres enfermos.

– Enfermos! – repetiu o Gato.

– Adeus, mascarados! – respondeu o boneco. – Vocês me enganaram uma vez, mas não me enganam mais.

– Pois acredite, Pinóquio: hoje somos pobres e infelizes de verdade!

– De verdade! – repetiu o Gato.

– Se são pobres, mereceram! Lembrem-se do provérbio que diz: "Dinheiro roubado não traz prosperidade". Adeus, mascarados!

– Tenha piedade de nós!

– De nós!

– Adeus, mascarados! Lembrem-se do provérbio que diz: "A farinha do diabo é toda feita de farelo".

– Não nos abandone!

– ... one! – repetiu o Gato.

– Adeus, mascarados! Lembrem-se do provérbio que diz: "Quem rouba o manto alheio morre sempre sem camisa".

E, dizendo isso, Pinóquio e Geppetto seguiram tranquilamente o seu caminho; até que, cem passos adiante, viram no fundo de uma estradinha, no meio do mato, uma bela cabana de palha com o teto coberto por telhas de barro.

– Nessa cabana deve haver alguém – disse Pinóquio. – Vamos lá bater na porta.

E lá se foram e bateram.

– Quem é? – disse uma vozinha lá de dentro.

– Somos um pobre pai e um pobre filho sem pão e sem teto – respondeu o boneco.

– Virem a chave, e a porta vai se abrir – disse a mesma vozinha.

Pinóquio virou a chave e a porta se abriu. Assim que entraram, olharam para cá e para lá, mas não viram ninguém.

– Ué, onde está o dono da casa? – disse Pinóquio surpreso.

– Estou aqui em cima!

Pai e filho olharam para o teto e viram numa viga o Grilo Falante.

– Olá, meu caro Grilinho – disse Pinóquio, cumprimentando-o alegremente.

– Agora você me chama de "caro Grilinho", não é? Mas, quando quis me mandar embora da sua casa, me atirou um martelo de madeira, está lembrado?

– Tem razão, Grilinho! Mande-me embora também... me atire um martelo de madeira; mas tenha piedade do meu pobre pai...

– Terei piedade do pai e também do filho, mas quis lembrar a indelicadeza recebida para lhe ensinar que, neste mundo, quando possível, precisamos ser corteses com todos, se quisermos que nos tratem com cortesia quando precisarmos.

– Você tem razão, Grilinho, está coberto de razão, e terei em mente a lição que você me deu. Mas me conte: como fez para comprar esta bela cabana?

– Esta cabana foi um presente que ganhei ontem de uma cabra muito graciosa, que tinha a lã de um belíssimo azul-turquesa.

– E a cabra, para onde foi? – perguntou Pinóquio, morrendo de curiosidade.

– Não sei.

– E quando volta?

– Nunca mais. Ontem foi embora toda aflita e, berrando, parecia dizer: "Pobre Pinóquio... não o verei nunca mais... a esta hora o Tubarão já deve tê-lo devorado!".

– Disse isso?... Então era ela! Era ela! Era a minha querida Fadinha!... – começou a gritar Pinóquio, soluçando e chorando sem parar.

Depois de chorar o que tinha para chorar, enxugou os olhos, preparou uma boa caminha de palha e deitou nela o velho Geppetto. Então perguntou para o Grilo Falante:

– Me diga uma coisa, Grilinho: onde poderia encontrar um copo de leite para o meu pobre pai?

– A três roças daqui vive o horticultor Janjo, que tem algumas vacas. Vá até lá e encontrará o leite que procura.

Pinóquio foi correndo até a casa de Janjo, mas o horticultor lhe disse:

– Quanto quer de leite?

– Quero um copo cheio.

– Um copo de leite custa um soldo. Comece, então, me dando o dinheiro.

– Não tenho um tostão – respondeu Pinóquio, mortificado e aflito.

– Isso é ruim, meu boneco – respondeu o horticultor. – Se você não tem um tostão, eu não tenho nem um dedo de leite.

– Paciência! – disse Pinóquio e fez que ia embora.

– Espere um pouco – disse Janjo. – Podemos fazer um acordo. Você aceitaria rodar a nora?

– O que é nora?

– É aquele engenho de madeira que serve para tirar água do poço e regar as hortaliças.

– Posso tentar.

– Então tire cem baldes de água e lhe dou, em troca, um copo de leite.

– Está bem.

Janjo levou o boneco até a horta e lhe ensinou a rodar a nora. Pinóquio começou logo a trabalhar, mas, antes mesmo de tirar os cem baldes, já estava encharcado de suor da cabeça aos pés. Nunca havia feito um esforço daqueles.

– Até hoje, quem fazia o esforço de rodar a nora era o meu burrinho – disse o horticultor. – Mas agora o pobre animal está no fim da vida.

– Pode me levar para vê-lo? – disse Pinóquio.

– Com prazer.

Assim que Pinóquio entrou no estábulo, viu um belo burrinho deitado na palha, destruído pela fome e por tanto trabalho. Quando o olhou fixamente, pensou consigo mesmo, perturbado:

– Eu conheço esse burrinho! Sua fisionomia não me é estranha!

E, abaixando em sua direção, perguntou-lhe em dialeto de burro:

– Quem é você?

Ao ouvir a pergunta, o burrinho abriu os olhos moribundos e respondeu balbuciando no mesmo dialeto:

– Sou o Pa...vi...o.

Depois fechou os olhos de novo e expirou.

– Ah! Pobre Pavio! – disse Pinóquio baixinho, e, pegando um punhado de palha, enxugou uma lágrima que lhe escorria pelo rosto.

– Se você, que não gastou um tostão, se comove tanto por um burro, o que deveria sentir eu, que o comprei com dinheiro vivo? – disse o horticultor.

– É que... era um amigo meu!

– Amigo seu?

– Meu colega de classe!

– Mas como?! – gritou Janjo dando uma gargalhada. – Como?! Por acaso seus colegas de classe eram burros?... Dá para imaginar a beleza de estudo que você deve ter feito!

O boneco, sentindo-se humilhado por aquelas palavras, não respondeu; mas pegou seu copo de leite morno e voltou para a cabana.

E, daquele dia em diante, continuou por mais de cinco meses a se levantar de manhã, antes de o sol raiar, para rodar a nora e assim ganhar o copo de leite que fazia tão bem à saúde delicada de seu pai. E não se contentou com isso, pois, com o tempo, aprendeu também a fabricar balaios e cestos de junco; e com o dinheiro que ganhava provia todas as despesas cotidianas com muito juízo. Entre outras coisas, construiu sozinho um elegante carrinho para levar seu pai para passear nos dias bonitos e lhe fazer tomar um pouco de ar.

À noite, antes de dormir, exercitava a leitura e a escrita. Por poucos centavos, comprara no povoado vizinho um livro grosso, sem capa nem índice, com o qual fazia a sua leitura. Para escrever, usava um graveto apontado como uma pena; e, como não tinha nem tinteiro nem tinta, molhava o pauzinho num vidro com suco de amoras e cerejas.

Fato é que, com a sua boa vontade para se aplicar, trabalhar e seguir em frente, conseguira não só manter quase confortavelmente o seu pai sempre doente, como também economizar quarenta moedas para comprar uma roupinha nova.

Uma manhã, disse a seu pai:

– Vou ao mercado aqui perto comprar uma jaquetinha, um gorrinho e um par de sapatos. Quando voltar para casa – acrescentou rindo –, estarei tão bem vestido que o senhor vai achar que sou rico.

E, saindo de casa, começou a correr todo alegre e feliz. Quando, de repente, ouviu alguém chamá-lo pelo nome. Voltando-se, viu uma bela lesma que surgia de uma sebe.

– Não me reconhece? – disse a Lesma.

– Acho que sim, mas talvez não...

– Não se lembra da Lesma que era camareira da Fada de cabelos turquesa? Não se lembra daquela vez quando desci para acender a luz e você ficou com o pé enfiado na porta de casa?

– Sim, me lembro de tudo – gritou Pinóquio. – Responda-me logo, Lesminha bela: onde está a minha boa Fada? O que ela faz? Me perdoou? Ainda se lembra de mim? Ainda me quer bem? Está muito longe daqui? Posso ir vê-la?

A todas estas perguntas feitas uma depois da outra sem tomar fôlego, a Lesma respondeu com a calma de sempre:

– Meu caro Pinóquio! A pobre Fada jaz em uma cama no hospital!

– No hospital?

– Infelizmente. Atingida por mil desgraças, adoeceu gravemente e não tem mais como comprar nem um pedaço de pão.

– Verdade? Que triste saber disso! Ah, pobre Fadinha! Pobre Fadinha! Se eu tivesse um milhão, correria para lhe dar... Mas tenho somente quarenta soldos... Estão aqui comigo, eu estava indo comprar uma roupa nova para mim. Tome esse dinheiro, Lesma, e vá levá-lo para a minha boa Fada.

– E a roupa nova?

– Que importância tem a roupa nova? Venderia até os panos do corpo para poder ajudá-la! Vá depressa, Lesma, e daqui a dois dias volte aqui, pois espero poder lhe dar mais alguma moeda. Até agora trabalhei para manter meu pai; de hoje em diante vou trabalhar cinco horas a mais para manter também minha boa mãe. Adeus, Lesma, espero você daqui a dois dias.

A Lesma, contra o seu costume, começou a correr feito um lagarto no solão de agosto.

Quando Pinóquio voltou para casa, seu pai lhe perguntou:

– E a roupa nova?

– Não encontrei nada que me caísse bem. Paciência! Compro da próxima vez.

Naquela noite, Pinóquio, em vez de ficar acordado até as dez, ficou até meia-noite passada; e, ao invés de fazer oito cestos de junco, fez dezesseis.

Depois foi para a cama e adormeceu. E, ao dormir, lhe pareceu ver em sonho a Fada, toda linda e sorridente, que, depois de lhe dar um beijo, disse assim:

– Muito bem, Pinóquio! Graças ao seu bom coração, perdoo toda a molecagem que você fez até hoje. Os rapazes que cuidam amorosamente dos próprios pais em suas misérias e enfermidades merecem sempre grande louvor e grande afeto, mesmo que não possam ser citados como modelos de obediência e de boa conduta. Tenha juízo no futuro e será feliz.

A este ponto o sonho acabou e Pinóquio acordou com os olhos esbugalhados.

Imaginem qual não foi o seu espanto quando, ao despertar, percebeu que não era mais um boneco de madeira, mas que havia se tornado um menino como todos os outros. Deu uma olhada ao redor, e, em vez das paredes de palha da cabana, viu um belo quartinho mobiliado e decorado com uma simplicidade quase elegante. Pulando da cama, encontrou preparada uma linda roupa nova, um gorro novo e um par de botinhas de couro, que lhe serviam perfeitamente.

Assim que se vestiu, levou naturalmente as mãos nos bolsos e tirou fora um pequeno porta-moedas de marfim, no qual estavam escritas as seguintes palavras: "A Fada de cabelos turquesa devolve as quarenta moedas ao seu caro Pinóquio e lhe agradece muito por seu bom coração". Ao abrir o porta-moedas, em vez de quarenta moedas de bronze, brilhavam quarenta moedas de ouro, novinhas em folha.

Depois foi se olhar no espelho e pareceu-lhe ser outro. Não viu mais refletida a imagem habitual de um boneco de madeira: viu a imagem viva e inteligente de um belo mocinho com os cabelos castanhos, os olhos azuis e um ar alegre e festivo como o dia de pentecostes.

Em meio a todas essas maravilhas que aconteciam uma após a outra, Pinóquio não sabia mais se estava acordado de verdade ou se estava sonhando de olhos abertos.

– E o meu pai, onde está? – gritou de repente; e, entrando no quarto ao lado, encontrou o velho Geppetto sadio, disposto e bem-humorado, como antigamente, o qual, tendo logo retomado a profissão de entalhador de madeira, estava justamente desenhando uma belíssima moldura repleta de folhas, flores e cabeças de vários animais.

– Me tire uma curiosidade, paizinho: como é que se explica toda essa mudança repentina? – perguntou Pinóquio pulando em seu colo e o cobrindo de beijos.

– Esta mudança repentina em nossa casa é mérito seu – disse Geppetto.

– Por que mérito meu?

– Porque quando os meninos maus se tornam bons têm a virtude de fazer com que o interior de suas famílias também adquira um aspecto novo e sorridente.

– E o velho Pinóquio de madeira, onde estará escondido?

– Está ali – respondeu Geppetto e apontou um grande boneco apoiado a uma cadeira, com a cabeça virada de lado, os braços pendurados e as pernas cruzadas e dobradas ao meio, que, por um milagre, estava em pé.

Pinóquio virou-se para vê-lo; e, depois de encará-lo um tempo, disse consigo, complacente:

– Como eu era engraçado quando era um boneco! E como agora estou contente de ter me tornado um menino de bem!

FIM.